《彭阳文化丛书》编委会

彭阳文化丛书

书法卷

主编　马文山

黄河出版传媒集团
宁夏人民出版社

图书在版编目（CIP）数据

彭阳文化丛书. 书法卷 / 马文山主编. —银川：宁夏人民出版社，2013.9

ISBN 978-7-227-05484-9

Ⅰ.①彭… Ⅱ.①马… Ⅲ.①文艺—作品综合集—彭阳县—当代 ②汉字—书法—作品集—中国—现代 Ⅳ.①I218.434 ②J292.28

中国版本图书馆CIP数据核字（2013）第221746号

彭阳文化丛书·书法卷　　马文山 主编

责任编辑 刘建英 管世献

封面设计 雷秀云 王 沛

责任印制 杨海军

黄河出版传媒集团
宁夏人民出版社　出版发行

地　　址 银川市北京东路139号出版大厦（750001）

网　　址 http://www.yrpubm.com

网上书店 http://www.hh-book.com

电子信箱 renminshe@yrpubm.com

邮购电话 0951-5044614

经　　销 全国新华书店

印刷装订 银川天之健文化传媒有限公司

印刷委托书号（宁）0013870

开　　本 787mm×1092mm　1/16　　印　　张 8.25

字　　数 110千　　印　　数 1500册

版　　次 2013年9月第1版　　印　　次 2013年9月第1次印刷

书　　号 ISBN 978-7-227-05484-9/I·1387

定　　价 219.00元（全七册）

序　一

彭阳县县委书记　张国彦

彭 阳 县 县 长　赵晓东

彭阳历史悠久，文化灿烂，是古代文明与时代精神高度融合、交相辉映的地方，孕育出了丰富独特的文化资源。

三万年前，就有先民沿茹河而居，由此翻开彭阳文明第一页。自秦迄明，置郡设县。秦长城、汉城郭、唐宋石窟堡寨、明清古塔寺院故址犹存，丝绸之路穿境而过。帝王将相、文人墨客多有造访。秦惠文王"投文诅楚"朝那湫(今彭阳古城镇境内)；秦始皇西巡、汉武帝北巡均途经朝那(今古城镇)；武帝北巡时，司马迁曾随驾记胜。彭阳人杰地灵，人才辈出。皇甫家族，崇文尚武，学子迭兴。东汉将领、军事家皇甫规抚羌宁疆，荐贤委位；东汉朝臣皇甫嵩，文经武略，戎马倥偬；魏晋间作家、医学家皇甫谧，针灸之祖，文史通人。

明清民国时期，境内有"东山文化之乡"美誉。"东山文化"既包含历史文化传承，也蕴含现代文化因子。其底蕴深厚，内涵丰富，涵盖以礼仪、民居、饮食、婚丧、庙会等为主的民间习俗，以书画、剪纸、刺绣、泥塑、彩绘、根雕、石刻、社火等为主的民间艺术，以伏羲出生地、白马庙、孟姜女哭长城等传说为主的民间文学。"东山文化"是彭阳县地域文化的主脉和象征，集中体现了彭阳人民以待人宽厚、为人诚实、以和为贵、以信立身、民风淳朴、勤劳朴实为核心的人文精神和尊重知识、重视教育的优良传统。

革命年代，彭阳属于陕甘宁边区的一部分，在民族解放和新中国诞生过程中谱写了一曲壮丽的凯歌。红军长征翻越六盘山,一代伟人毛泽东先后宿营小岔沟、乔家渠,写下了壮丽词篇《清平乐·六盘山》。红军西征,建立了红色政权,留有峁堡地下交通站、红河地下党支部、虎家小园子地下党支部等早期革命遗址。解放战争时期,在任山河打响了解放宁夏第一仗。这些红色文化资源,激励着家乡人民在新中国建设和改革开放征程上,以"不到长城非好汉"的凌云壮志,取得一个又一个辉煌成就。

1983年建县以来,彭阳生态环境的改观形成潜在的人文资源。彭阳坚持"生态立县"的建县方针,30年来,坚持不懈地改山治水,绿化造林,不断提升了生态环境建设水平。森林覆盖率由建县初的3%提高到24.8%,先后荣获全国生态建设先进县、水利建设先进县、造林绿化模范县、退耕还林先进县、水土保持生态文明县、全区生态建设模范县等殊荣,阳洼流域、大沟湾流域等被国家环保总局列为第八批全国生态示范区,茹河生态园、茹河瀑布被列入国家级水利风景区,这都是彭阳县生态建设的典范,已经成为休闲观光旅游的地方。彭阳人民在建设秀美山川的长期实践中孕育出的"彭阳精神"和"彭阳经验",是彭阳生态文化的精髓。

近年来,彭阳立足现有的文化资源,通过进一步发掘和整理,确立"皇甫谧文化、东山文化、红色文化、生态文化"四大文化品牌,即"皇甫谧故里、东山文化之乡、红色热土、生态绿色新家园"。这些文化资源已成为彭阳地域文化的有机组成部分,是彭阳人民生产、生活的精华积淀,是促进彭阳经济社会发展的重要动力。

自2005年彭阳县第一次文代会召开以来,文化建设进入了大发展、大繁荣的时期。县文联及各艺术协会在县委、政府的正确领导下,在区、市文联的精心指导下,团结和带领全县文艺工作者坚持文艺工作的"二为"方向、"双百"方针和"三贴近"要求,开展每年一届的"文化艺术月""书香彭阳"等主题文艺活动,狠抓《彭阳文学》《彭阳摄影》《彭阳文艺网》等文艺主阵地建设,创作出了一大批弘扬先进文化、反映时代精神、富有地方特色的优秀文艺作品。文学、书法、美术、摄影、音乐、舞蹈、戏剧、民间艺术等各个艺术门类,从无到有、由弱变强,百花齐放、异彩纷呈，呈现出团结、和谐、繁荣、发展的良好局面。

风雨兼程三十载，和谐盛世谱华章。建县30年来，彭阳始终保持了政治民主、经济发展、社会进步、民族团结、人民安居乐业的良好局面，城乡面貌发生了巨大变化，文化事业、精神文明建设更是呈现出勃勃生机。为了让外界更多地了解彭阳、关注彭阳，进一步激发全县广大干部群众热爱家乡、建设家乡的热情，县委宣传部、县文联在彭阳建县30周年之际，编辑整理出版《彭阳文化丛书》。丛书分小说卷、散文卷、诗歌卷、报告文学卷、文学评论卷、书法卷、美术工艺卷七个部分，以宣传彭阳为主旨，以提升彭阳知名度和美誉度为目的，力求多层次、多角度、全方位反映彭阳建县30年来的文学艺术成就。

丛书的编写，是一项系统工程，得到了有关部门的支持，各编辑人员夙兴夜寐，忘我工作，保证了丛书编写工作顺利进行，在此深表谢意和敬意。丛书的出版，是我县文化艺术工作的一件大事、盛事，是我县文化艺术工作辉煌成果的一次大检阅、大练兵、大交流。以丛书的形式集中反映我县文化建设成就，这在我县还是第一次，所以该丛书在我县文化建设史上具有里程碑的意义，可喜可贺。

“国民之魂，文以化之；国家之神，文以铸之。”文化作为一种精神力量，越来越受到重视，并成为一个地区推动经济社会发展的重要动力。近年来，彭阳县在积极发展经济的同时，充分认识到文化对于经济发展的重要作用，建设好、打造好促进经济和社会发展的文化环境，从文化环境建设中获得发展动力，以适应全面建成小康社会的新要求，是我们应积极研究探索的新课题。

文化凝结着历史，文化开拓着未来。我们相信，勤劳智慧的彭阳人民不仅能够不断创造新的经济奇迹，而且能够不断提高文化的传播力、影响力，让彭阳文化放射出更加璀璨的光芒，为加快建设“生态彭阳、宜居彭阳、富裕彭阳、诚信彭阳、和谐彭阳”与全国、全区同步进入全面小康社会做出积极的贡献。

序　二

彭阳县委常委、宣传部部长　马文山

党的十八大报告强调，全面建成小康社会，实现中华民族伟大复兴，必须推动社会主义文化大发展大繁荣，兴起社会主义文化建设新高潮，提高国家文化软实力，发挥文化引领风尚、教育人民、服务社会、推动发展的作用。这充分反映了我们党对当今文化趋势和我国文化发展方位的科学把握，为文化建设指明了前进方向、提供了基本遵循。如何贯彻落实好党的十八大精神，扎实推进社会主义文化强国，是基层文艺工作者一项重大而艰巨的任务。

今年是彭阳建县30周年。30年来，全县广大文艺工作者认真贯彻“二为”方向，坚持“双百”方针和“三贴近”原则，深入挖掘彭阳地域文化资源，大力培育彭阳特色文化品牌，不断创新文艺表现形式，通过文学、美术、书法、民间工艺等艺术载体，充分展示了全县经济社会发展的辉煌成就，展示了全县人民团结奋斗的精神风貌，文化艺术事业蓬勃发展、成绩喜人，特别是文化艺术活动丰富多采、主题鲜明、形式多样、独具特色，全面反映了我县文艺发展成果，激发了全县广大干部群众同心同德、团结奋进、干事创业的热情，唱响了主旋律，为丰富和活跃基层群众文化生活、推动文化事业大发展大繁荣、构建和谐彭阳提供了强大的精神动力。

《彭阳文化丛书》是彭阳建县30年来部分优秀文学艺术作品的集锦，既有对生活在彭阳这块土地上的人民的精神状态的忠实记录，也有对全县翻天覆地的变化的热情讴歌；既有对社会热点和弱势群体的强烈关注，也有对不良风气不文明行为的有力鞭挞。其中许多作品可圈可点，感人至深，不乏振聋发聩之音。这些文艺作品寄托了彭阳广大文艺工作者的思想、情感和期盼，字里行间无不流露出心系彭阳经济社会发展的情感和指点江山、激扬文字的豪迈，充分体现了广大文艺人才"铁肩担道义，妙手著文章"的精神品质。《彭阳文化丛书》的整理出版，为新时期推动全县文学艺术发展提供了范例，让全县广大干部群众更加深刻地了解彭阳的过去、现在和未来，从而更加热爱彭阳，更好地建设彭阳，对进一步宣传彭阳，让外界全方位、多层次了解彭阳的历史文化和当前的发展实绩起到巨大的推动作用。

面对这套浓缩了彭阳县经济社会发展、文化民俗和精神品质的文艺作品，仿佛重历那些波澜壮阔的岁月，感受变革带给人们的心灵体验，其中的艰辛探索和不懈奋斗，已为今天的巨大成就所印证。这足以告慰前人，激励今人，昭示后人。而这样一部作为涵盖彭阳文学艺术全貌的书籍，较为全面地反映了彭阳文艺创作所取得的丰硕成果，作为一种精神资源，其史料价值和文化价值当不会被低估。

当前，面对党的十八大提出全面建成小康社会，实现中华民族伟大复兴的的重要时期，在新的起点和更高层次上推进彭阳经济社会大发展、大跨越，是时代赋予我们文艺工作者的神圣职责和庄严使命，是全县人民的共同心声和热切期盼。全县广大文艺工作者一定要高举社会主义先进文化旗帜，树立高度的文化自觉和文化自信，进一步拓宽视野，大胆探索，创作出反映时代精神、体现地方特色和民族风貌的优秀作品，更好地满足人民日益增长的精神文化需求，更进一步为加快推进生态彭阳、宜居彭阳、富裕彭阳、诚信彭阳、和谐彭阳建设提供不竭的精神动力和智力支持。

目录

焦达人 1925年7月出生，名国栋，字达人。1943年毕业于平凉师范，1944年在兰州任教，1946年任固原县里门实验小学校长，兼固原县教育工会理事长。1949年以后，先后在固原的武庙、七营、彭堡小学任教。1955年任教于城阳小学。1958年，申请支援农业，定居城阳。1979年，受聘任教于城阳中学。1985年调县教研室工作。1986年调县志办工作。1998年10月去世。

雅量含高遠　詩書見古今

丁丑陽春三月　焦達人

光明磊落　心地自寬

丁丑秋書　焦達人

紅河清流溢岸灣開闢塘陳棋盤池畔白楊
蘢蓊靄譪潭中碧鑒映嬋娟金鱗潛底水宮
暖冰晶封層玉璧寒冬活躍荅網人歡笑山區
魚兒上市廛

隨政協視察團參觀紅河魚池歸來詠紅河養魚池七律一首 上塘下遺缺壩亭

孝人

蔺守成　彭阳县城阳乡人，现年86岁。1948年9月参加工作，1957年毕业于甘肃庆阳师范学校。从教40余年，先后担任彭阳中小学校长及县一中工会主席，1990年退休。其一生喜爱毛笔书法，坚持书法习作60余年，多次参加全国、全区及固原市等书法展赛并获奖。1988年5月获全县第三届书画展老年组一等奖，1990年11月获全县师生书画展特等奖，1991年获全县庆"七一"书画展中老年组一等奖，1999年9月获全区第二届群众文化技能大赛书法类优秀奖。

一世正直無私
終生廉潔奉公

夜合花開香滿庭
夜深微雨醉初醒
遠書珍重何由達
舊事淒涼不可聽
去日兒童皆長大
昔年親友半凋零
明朝又是孤舟別
愁見河橋酒幔青

唐竇叔向詩夏夜宿表兄話舊 戊寅年蒲月藺守成書

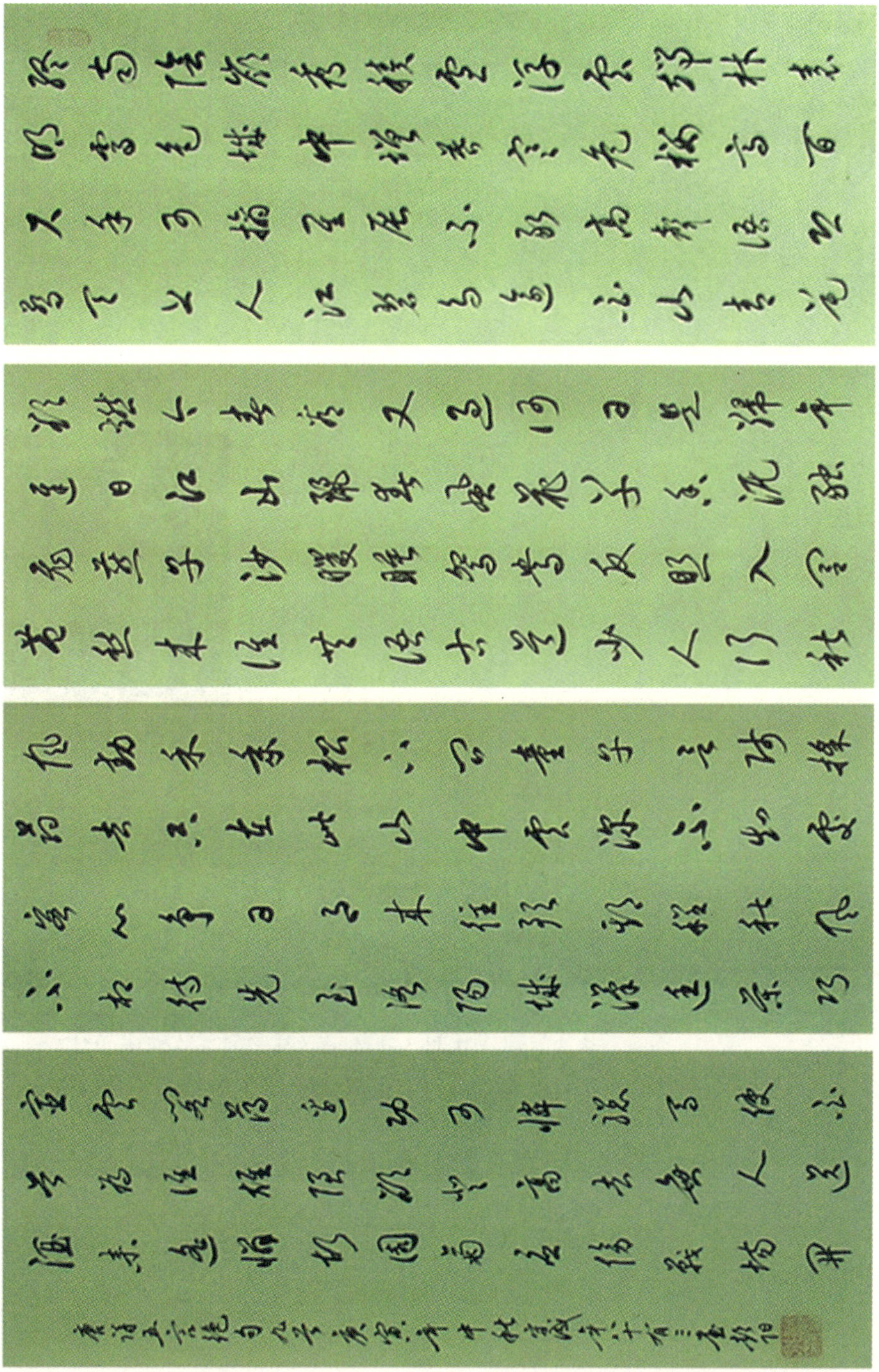

虎炳文 彭阳县城阳乡人，生于1930年，1984年加入中国共产党，县政协委员。1945年，固原中学未毕业就被固原县政府录用文秘。宁夏解放后，先后在三营、城阳中小学任教。彭阳建县后，被调到县统战部工作，后又调任县党史办公室副主任。其深谙文学艺术，书法作品在县内外多次展出并获奖。

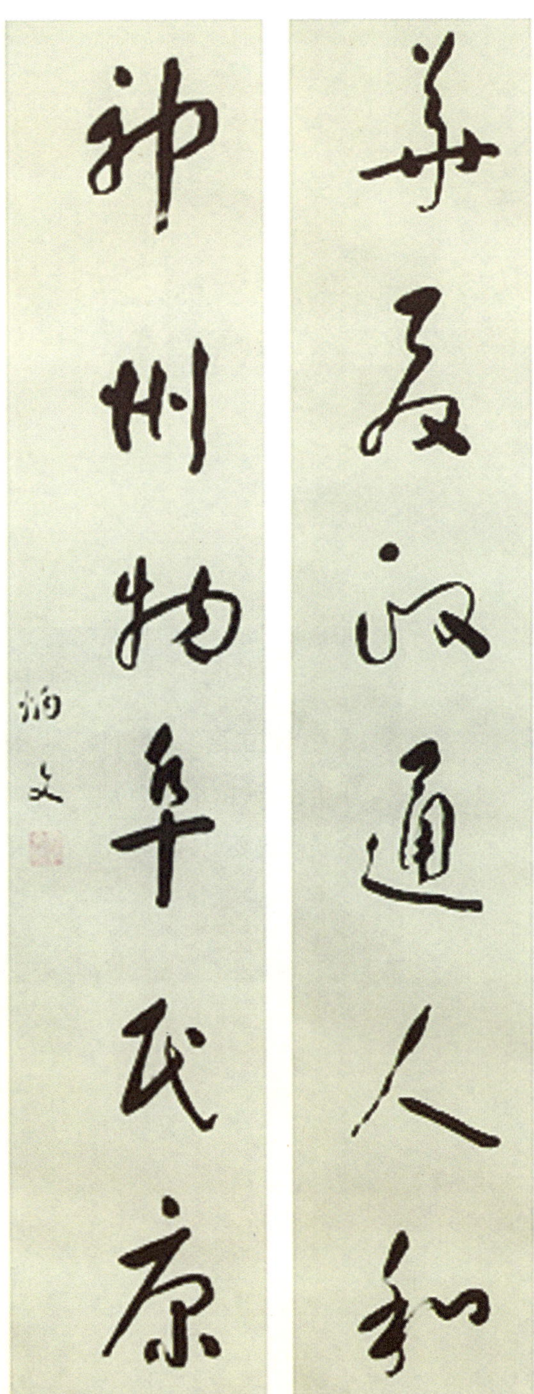
华夏政通人和
神州物阜民康

计立言 字树德，号云医，农民，1942年生，古城镇小岔沟人。乡村中医，彭阳县第六届政协委员，曾获宁夏农民书法一等奖。

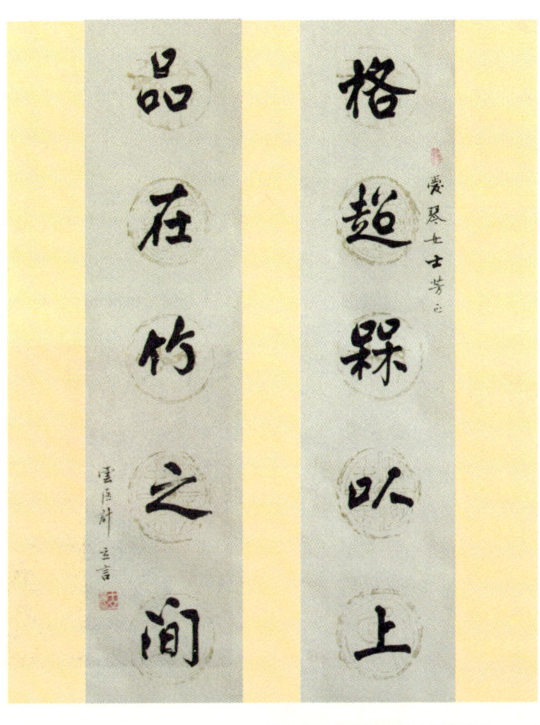

黎明即起，洒扫庭除，要内外整洁；既昏便息，关锁门户，必亲自检点。一粥一饭，当思来处不易；半丝半缕，恒念物力维艰。宜未雨而绸缪，毋临渴而掘井。自奉必须俭约，宴客切勿留连。器具质而洁，瓦缶胜金玉；饮食约而精，园蔬逾珍馐。勿营华屋，勿谋良田。三姑六婆，实淫盗之媒；婢美妾娇，非闺房之福。奴仆勿用俊美，妻妾切忌艳妆。祖宗虽远，祭祀不可不诚；子孙虽愚，经书不可不读。居身务期质朴，教子要有义方。莫贪意外之财，勿饮过量之酒。与肩挑贸易，毋占便宜；见穷苦亲邻，须多温恤。刻薄成家，理无久享；伦常乖舛，立见消亡。兄弟叔侄，须多分润寡；长幼内外，宜法肃辞严。听妇言，乖骨肉，岂是丈夫；重资财，薄父母，不成人子。嫁女择佳婿，毋索重聘；娶媳求淑女，勿计厚奁。见富贵而生谄容者，最可耻；遇贫穷而作骄态者，贱莫甚。居家戒争讼，讼则终凶；处世戒多言，言多必失。毋恃势力而凌逼孤寡，毋贪口腹而恣杀牲禽。乖僻自是，悔误必多；颓惰自甘，家道难成。狎昵恶少，久必受其累；屈志老成，急则可相依。轻听发言，安知非人之谮诉，当忍耐三思；因事相争，安知非我之不是，须平心暗想。施惠勿念，受恩莫忘。凡事当留余地，得意不宜再往。人有喜庆，不可生妒忌心；人有祸患，不可生喜幸心。善欲人见，不是真善；恶恐人知，便是大恶。见色而起淫心，报在妻女；匿怨而用暗箭，祸延子孙。家门和顺，虽饔飧不继，亦有余欢；国课早完，即囊橐无余，自得至乐。读书志在圣贤，为官心存君国。守分安命，顺时听天。为人若此，庶乎近焉。戊寅仲冬录朱子格言以应浩东伦兄

张世芳 高级政工师。1938年3月出生，大专，宁夏彭阳县人。固原公安处原处长、党委书记，固原地区政协工委副主任，现为中国书协宁夏分会会员，宁夏政法书协理事，世界书画家华北协会学术委员会副主席，中国文化艺术城特聘高级书画师、艺术委员会理事，中国翰墨书画院名誉副院长，华夏中艺书画院副院长，中华人民共和国人事部中国人才研究会艺术家学部委员会评任一级艺术委员等职。

自幼酷爱书法，苦练行草，入帖出帖，形成了自己独特的风格，临摹王羲之、怀素、于右任等名家碑帖，书有“稳健潇洒，神形兼备”之誉。行草作品常问世于国内外书画展和书报刊物。1995年，获第三届国际书展银牌奖，第三、四、七届世界华人香港大型艺术展获“特别金奖”“世纪荣誉奖”，国际艺术金爵奖。2011年，其作品被国家文化部评授“最佳创作奖”。2004年，香港世界杰出华人艺术精品大展获“世界杰出华人艺术家金紫荆荣誉勋章”。2005年，被中国书画艺术家协会等单位评获“中国当代书画艺术家杰出成就奖”等。作品入编《中国书法家选集》《世界当代著名书画家真迹博览大典》《中国当代著名书画家珍品选》等数十部名作典集，先后被授予“国际文艺名人”“世界书画艺术名人”“中国华表奖百名艺术家”“世界杰出华人艺术家”“世界功勋艺术家”“中华当代杰出功勋艺术家”等称号。传略、政绩已入编《中华英模大典》《世界名人录》《光辉岁月·中国公安功模档案》等。2006年出版了《张世芳书法选集》。2000年草书作品经文化部文化市场发展中心艺术品质部ISC2000评审认证。2005年书法作品又经中华人民共和国人事部人才研究会艺术家学部委员会ISQ9000A资质认证，授予“杰出艺术家”称号。

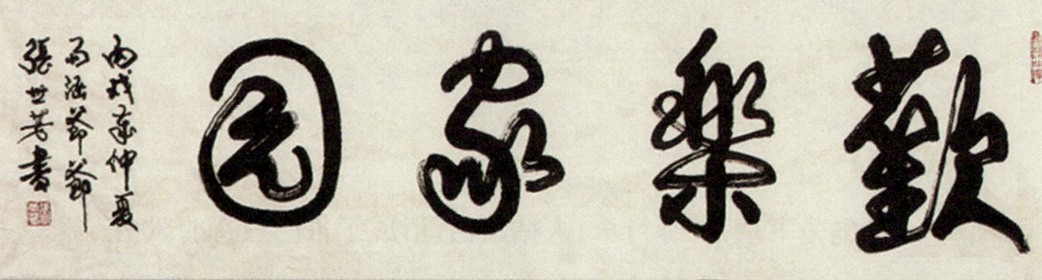

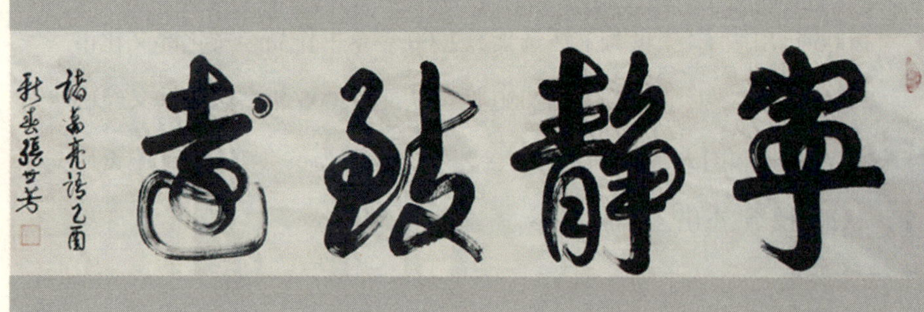

西风烈，长空雁叫霜晨月。霜晨月，马蹄声碎，喇叭声咽。

雄关漫道真如铁，而今迈步从头越。从头越，苍山如海，残阳如血。

毛泽东忆秦娥娄山关 世芳

姚武中　生于1942年6月，陕西省洋县人。先后在彭阳红河、教体局从事教育工作42年，2001年退休。2008年11月病逝。其从小酷爱书法、绘画，作品多次参赛并获奖。书法作品被县志收录。隶书作品获“泾河流域书画”二等奖，国画《迎客松》获县三等奖。固原书法家协会会员，宁夏老年书画会员。

業精於勤

天地有正氣雜然賦流形下則為河嶽上則為日星於人曰浩然沛乎塞蒼冥皇路當清夷含和吐明庭時窮節乃見一一垂丹青在齊太史簡在晉董狐筆在秦張良椎在漢蘇武節為嚴將軍頭為嵇侍中血

為張睢陽齒為顏常山舌或為遼東帽清操厲冰雪或為出師表鬼神泣壯烈或為渡江楫慷慨吞胡羯或為擊賊笏逆豎頭破裂是氣所磅礴凜然萬古存當其貫日月生死安足論地維賴以立天柱賴以尊

三綱實繫命道義為之根嗟余遘陽九隸也實不力楚囚纓其冠傳車送窮北鼎鑊甘如飴求之不可得陰房闃鬼火春院閟天黑牛驥同一皁雞棲鳳凰食一朝蒙霧露分作溝中瘠如此再寒暑百沴自辟易

哀哉沮洳場為我安樂國豈有他繆巧陰陽不能賊顧此耿耿在仰視浮雲白悠悠我心悲蒼天曷有極哲人日已遠典型在夙昔風檐展書讀古道照顏色

文天祥正氣歌 辛未年春 王中書

國破山河在城春草木深感時花濺淚恨別鳥驚心烽火連三月家書抵萬金白頭搔更短渾欲不勝簪

志中書

有志者事竟成破釜沉舟百二秦關終屬楚苦心人天不負臥薪嘗膽三千越甲可吞吳

蒲松齡句 志中書

杨世堂 1942年生，退休干部，固原市书协会员。酷爱书法，崇尚汉隶，先后临习乙瑛、史晨、张迁等碑帖。曾在陕、甘、宁三省泾河流域政协联谊会书展和第一届中国文学艺术大赛分别获得三等奖、一等奖。作品曾多次入选宁夏区直单位和固原市主办的书展。2008年作品入选世界华人庆奥运名家书画大展。此大展曾在北京、洛杉矶、温哥华、悉尼、墨尔本、巴黎、天津等城市巡展，并收录于《世界华人庆奥运名家书画大展图录集》。2008年，其隶书六尺对开条幅被自治区政协收藏。

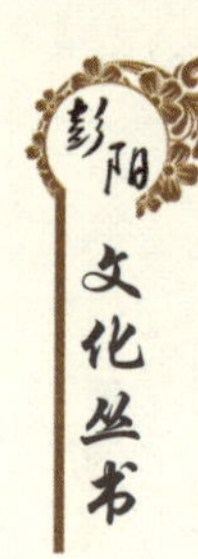

厚德載物

雁接漢涌高芙散景落霞
蕩鉅舉生寒萼穐飛秋端

神龜雖壽
猶有竟時
騰蛇乘霧
終為土灰

老驥伏櫪
志在千里
烈士暮年
壯心不已

盈縮之期
不但在天
養怡之福
可得永年

幸甚至哉
歌以詠志

梁志强 字一峰，生于1949年2月，宁夏彭阳县人，大专文化，系宁夏书协会员。

自幼酷爱书法艺术，楷书启蒙于柳，又习颜、欧，行书学二王、米、赵，草书练右军、怀素、书谱等。从1985年就开始参加区内外书法展览活动，并多次获奖。作品在"'98首都艺术博览会""伟大丰碑全国书画艺术展"等大展中多次入选。作品分别编入《永远的雷锋书画集》《中国当代楹联墨迹集》《中国当代书画艺术家精品集》等书。曾获宁夏首届和第三届群众文化技能大赛书法银奖，在全区群星奖"万得杯"书画展览中荣获金奖，宁夏第二届"塞上清风"书画展中获二等奖。2010年在陕甘宁三省泾河流域县(市、区)书画展中荣获金奖。

滚滚长江东逝水，浪花淘尽英雄。是非成败转头空，青山依旧在，几度夕阳红。白发渔樵江渚上，惯看秋月春风。一壶浊酒喜相逢，古今多少事，都付笑谈中。

三国演义开篇词 壬辰 玉穠志滨书

千穠筆墨驚天地

萬卷詩書通古今

壬辰 一峰 梁志滨书

北国风光，千里冰封，万里雪飘。望长城内外，惟余莽莽；大河上下，顿失滔滔。山舞银蛇，原驰蜡象，欲与天公试比高。须晴日，看红装素裹，分外妖娆。江山如此多娇，引无数英雄竞折腰。惜秦皇汉武，略输文采；唐宗宋祖，稍逊风骚。一代天骄，成吉思汗，只识弯弓射大雕。俱往矣，数风流人物，还看今朝。

辛卯夏 一峰志滨书 毛泽东词沁园春雪

瓮志罡　1959 年 8 月生于宁夏固原，中共党员，大学文化，政协宁夏第八届委员会委员，现任彭阳县人大教科文卫主任，高级政工师。系固原文联作协会员、宁夏书法家协会会员、固原书协副主席、彭阳书协主席、中华书法协会会员、中国乡土作家协会理事、中国东方神州书画院一级书画师、《东方书画》创作委员会委员、世界华人艺术家联合会高级书法师、中国书画家协会理事，中国书画院院士。自治区党委宣传部和旅游局评其为宁夏风云人物之一。

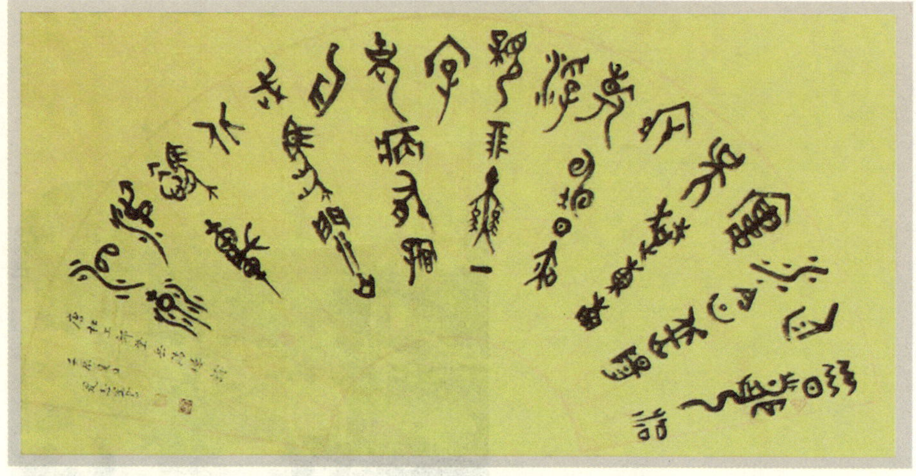

洹水東流平無波有時水漲齧岸過頽岸往往出鼎彝呂氏大
臨曾摩挲山川效靈地獻寶惟有甲骨藏深窠三千年來
不肯出忍將光燄暗銷磨孔壁古文何在哉汲冢竹書亦塵
埃二物問世非其時空令後人長悲哀農夫力田水之曲為求深耕
奮大钁此時偶向甲骨出紛紛碎作刀傷藥有字反比無字賤鬻
向藥肆充龍骨可憐農夫不識字詎知此物是靈物范估
偶攜向京華福山病叟正怫鬱一見此物沈疴失驚呼此字何奇
崛愛奇不惜傾千金珍護枯骨逾球琳夏耶商耶思未得須
臾此志成古今鐵雲好古亦成癖購來相伴無弦琴上虞羅
子稱博識驚謂不曾見此寶慫恿劉君為拓墨勿令劇蹟沈
幽杳瑞安孫氏作舉例十失八九獲者少篳路椎輪非易事
何崢先生甲骨文字歌　壬辰秋　志昱書

龍

从左到右依次为壮怀激烈、敬哲、温润如玉、长寿、松迎春晖、奇观、书禅采宝、宜真

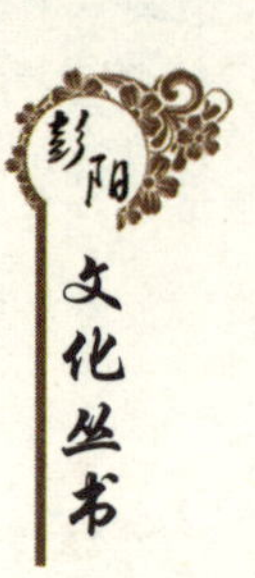

李永福 1960年6月出生，大学文化，彭阳县文化馆群文副研究员，现为宁夏书法家协会会员。爱好摄影，善画墨竹，酷爱书法。曾有书法论文《浅谈书品与人品》《浅谈对当代书法艺术与发展的思考》《浅谈当代书法艺术的继承与发展》《浅谈读帖》发表于《书与画》等区内外杂志上。创作的书法作品《古兰经》小楷200米长卷，代表固原市参加自治区首届文化艺术节成果展。书法作品曾多次在区内外书画展中展出并获奖。

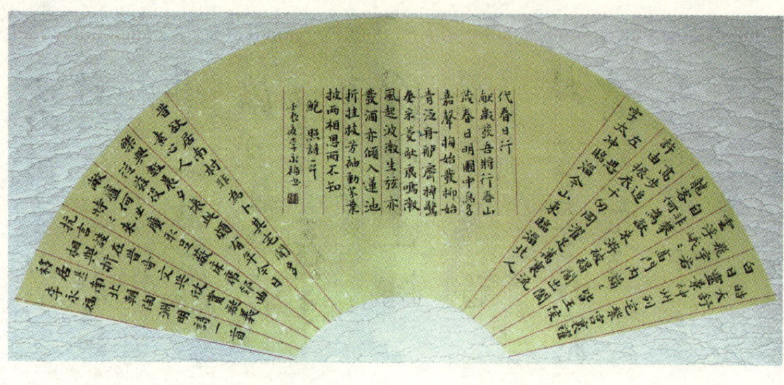

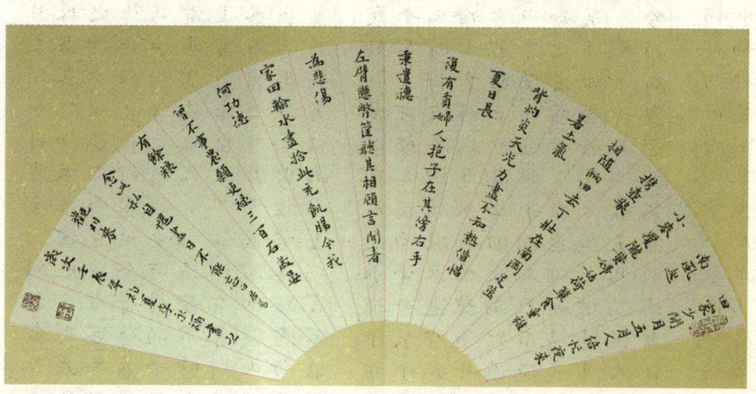

尚書宣示孫權所求詔令所報所以博示逮于卿佐必冀良方出於阿是芻蕘之言可擇郎廟況繇始以疏賤得為前恩撫所貯睨公私見異愛同骨肉殊遇厚寵以至今日再世榮名同國休戚敢不自量竊致愚慮仍日達晨坐以待旦退思鄙淺聖意所棄則又割意不敢獻聞深念天下今為已平權之委質外震神武度其拳拳無有二計高尚自疏況未見信今推款誠欲求見信實懷不自信之心亦宜待之以信而當護其未自信也其所求者不可不許許之而反不必可與求之而不許勢必自絕許而不與其曲在己里語曰何以罰與以奪何以怒許不與思省所示報權疏曲折得宜神聖之慮非今臣下所能有增益昔與文若奉事先帝事有數者有似於此粗表二事以為今者事有勢尚當有所依違願君思省若以在所慮可不須復貞節度唯君恩不可采故不自拜表

臨鍾繇宣示表 歲次壬辰年秋月李永福書之

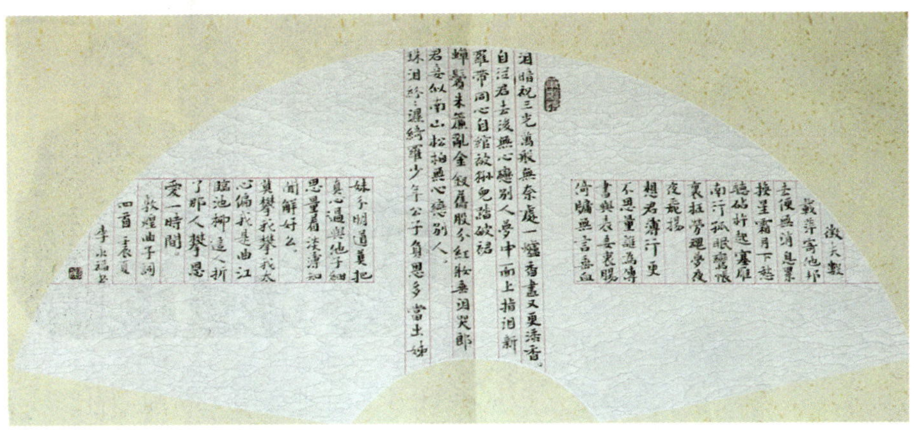

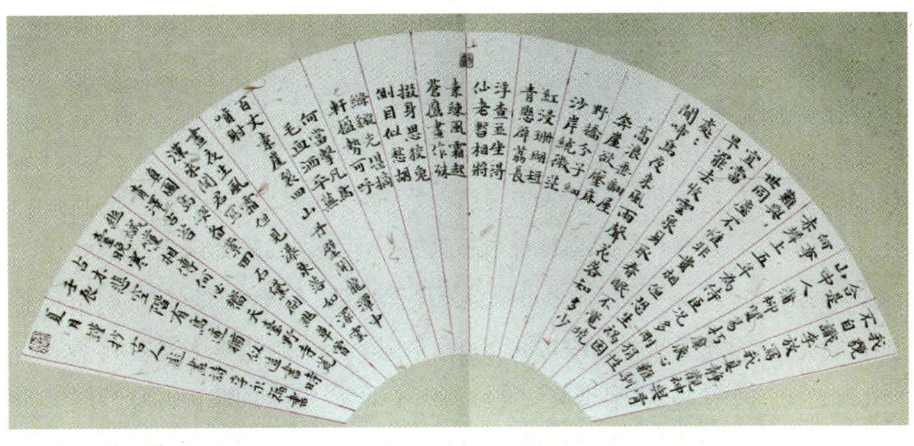

王正鲜　1948年11月生，企业会计，经济师。曾任彭阳县政协三、四、五届政协委员，中国书协宁夏分会会员。

余习字楷书从唐颜、柳入手，隶书学汉张迁碑，篆书多习石鼓文、秦小篆。王羲之行书，张旭、怀素狂草，赵孟頫小楷等多有涉猎和研习。

书法作品参加本县本地区书法展，获一等奖、二等奖多次，作品曾在书法杂志、报纸登载。1999年10月，参加自治区政协举办的全区书画展获奖，作品被该会收藏。2002年7月参加固原撤地设市书画展，作品入选并被收藏。2005年12月，由全国老龄事业发展基金会、人民政协报社共同在北京举办的"圣中怀·2005·全国老年书画艺术大赛"，其书法作品获"银华奖"，并被邀去了北京，在全国政协礼堂参加了颁奖仪式。作品载入《2005全国老年书画艺术大赛获奖精品集》。作品一笔"虎"，2005年在全国政协礼堂展出。

古迹雖陳猶在目
春風相遇不知年

羲農去我久舉世少復真
汲汲魯中叟彌縫使其淳
雖不至禮樂暫得新洙泗

輟微響漂流逮狂秦詩書
復何罪一朝成灰塵區區諸
老翁為事誠殷勤如何絕

世下六籍無一親終日馳
車走不見所問津若復不
快飲空負頭上巾但恨多

謬誤君當恕醉人錄陶淵
明飲酒二十首之末章歲
在戊寅中秋

臨楊沂孫篆書 王明正題

徐文瞻 1956 年 7 月生，宁夏彭阳人。1980 年 4 月参加工作，中共党员，大学学历，彭阳县教体局干部，书法爱好者。

海客談瀛洲煙濤微茫信難求越人語天姥雲霞明滅或可睹天姥連天向天橫勢拔五嶽掩赤城天臺四萬八千丈對此慾倒東南傾我慾因之夢吳越一夜飛渡鏡湖月湖月照我影送我至剡溪謝公宿處今尚在淥水蕩漾清猿啼腳著謝公屐身登青雲梯半壁見海日空中聞天雞千巖萬壑路不定迷花倚石忽已暝熊咆龍吟殷巖泉栗深林兮驚層巔雲青青兮慾雨水澹澹兮生煙列缺霹靂邱巒崩摧洞天石扇訇然中開青冥浩蕩不見底日月照耀金銀臺霓為衣兮風為馬雲之君兮紛紛而下來虎鼓瑟兮鸞回車仙之人兮列如麻忽魂悸以魄動恍驚起而長嗟惟覺時之枕席失向來之煙霞世間行樂亦如此古來萬事東流水別君去兮何時還且放白鹿青崖間須行即騎訪名山安能摧眉折腰事權貴使我不得開心顏

李白詩夢游天姥吟留別

壬辰季冬 徐文曉

杨峰奇 彭阳县人，现年66岁，大专文化，彭阳县人民法院原副院长，已退休。彭阳县书协会员。

北国风光千里冰封万里雪飘望长城内外惟余莽莽大河上下顿失滔滔山舞银蛇原驰蜡象欲与天公试比高须晴日看红装素裹分外妖娆江山如此多娇引无数英雄竞折腰惜秦皇汉武略输文采唐宗宋祖稍逊风骚一代天骄成吉思汗只识弯弓射大雕俱往矣数风流人物还看今朝

丁虎 1974年生，彭阳人，大专学历，现在彭阳县自来水公司工作。宁夏书法家协会会员。2012年，受自治区书协推荐，参加中书协西部新秀系列研修班(楷书)学习。作品在宁夏七届展、宁夏第二届青年展中入展。

道德經選鈔

天下皆知美之為美斯惡已皆知善之為善斯不善已故有無之相生難易之相成長短之相形高下之相傾音聲之相和前後之相隨是以聖人處無為之事行不言之教萬物作而不辭生而不有為而不恃功成不居夫唯不居是以不去不尚賢使民不爭不貴難得之貨使民不為盜不見可欲使心不亂是以聖人之治也

丁宪書

觀天之道執天之行盡矣天有五賊見之者昌五賊在心施行於天宇宙在乎手萬化生乎身天性人也人心機也立天之道以定人也天發殺機移星易宿地發殺機龍蛇起陸人發殺機天人地反覆天合發萬化定基性有巧拙可以伏藏九竅之邪在乎三要可以動靜火生於木禍發必尅姦生於國時動必潰知之脩之謂之聖人天生天殺道之理也天地萬物之盜萬物人之盜人萬物之盜三盜既宜三才既安故曰食其時百骸理動其機萬化安人知其神之神不知其不神也

歲在壬辰三月 丁宪

魚我所欲也熊掌亦我所欲也二者不可得兼舍魚而取熊掌者也生我所欲也義亦我所欲也二者不可兼得舍生而取義者也生亦我所欲所欲有甚於生者故不為苟得也死亦我所惡所惡有甚於死者故患有所不辟也如使人之所欲莫甚於生則凡可以得生者何不用也使人之所以惡莫甚於死者則凡可以辟患者何不為也由是生而有不用也由是則可以辟患而有不為也是故所欲有甚於生也所惡有甚於死者人皆有之賢能勿喪耳一簞食一豆羹得之則生弗得則死呼爾而與之行道之人弗受蹴爾而與之乞人不屑也萬鍾則不辨禮義而受之萬鍾於我何加焉為宮室之美妻妾之奉所識窮乏者得我與鄉為身死而不受今為宮室之美為之鄉為身死而不受今為所識窮乏者得我而為之是亦不可以已乎此之謂失其本心

君子曰學不可以已青取之於藍而青於藍冰水為之而寒於水木直中繩輮以為輪其曲中規雖有槁暴不復挺者輮使之然也故木受繩則直金就礪則利君子博學而日參省乎己則知明行無過矣吾嘗終日而思矣不如須臾之所學也吾嘗跂而望矣不如登高之博見也登高而招臂非加長也而見者遠順風而呼聲非加疾也而聞者彰假輿馬者非利足也而致千里假舟楫者非能水也而絕江河君子非生異也善假於物也積土成山風雨興焉積水成淵蛟龍生焉積善成德而神明自得聖心備焉故不積跬步無以至千里不積小流無以成江海騏驥一躍不能十步駑馬十駕功在不舍金石可鏤蚓無爪牙之利筋骨之強上食埃土下飲黃泉用心一也蟹六而二螯非蛇鱔之穴無可寄托者用心躁也

舜發於畎畝之中傅說舉於版築之間膠鬲舉於魚鹽之中管夷吾舉於士孫叔敖舉於海百里奚舉於市故天降大任於是人也必先苦其心志勞其筋骨餓其體膚空乏其身行拂亂其所為所以動心忍性曾益其所不能人恒過然後能改困於心衡於慮而後作徵於聲而後喻入則無法家拂士出則無敵國外患者國恒亡然後知生於憂患而死於安樂也

癸巳春節錄古聖賢著文三篇　丁宪

丁玉仁　1951年生，中国书画函授大学毕业，彭阳县文广局退休干部，群文馆员，中国民研会会员。作品多次在区内外展出并获奖。

名園綠水環脩竹
古調清風入碧松
蕙航丁玉仁

大江東去浪淘盡千古風流人物故
壘西邊人道是三國周郎赤壁亂石
穿空驚濤拍岸捲起千堆雪江山如
畫一時多少豪傑遙想公瑾當年
小喬初嫁了雄姿英發羽扇綸巾笑
談間強虜灰飛煙滅故國神遊多
情應笑我早生華髮人生如夢一尊
還酹江月
宋蘇東坡赤壁懷古 蕙航丁玉仁

杜正全 笔名映月，1973年11月生，彭阳人，中共党员。曾就读于中国无锡艺术专科学院，大专文化。中国书法家协会教育委员会培训学员，宁夏书法家协会会员。观帖临池，透悟真谛，擅长草书。作品在固原市、自治区及全国书法大赛中屡次入展，获得30多个奖项，部分作品被编入大型艺术画册。

朗日和風暢懷抱

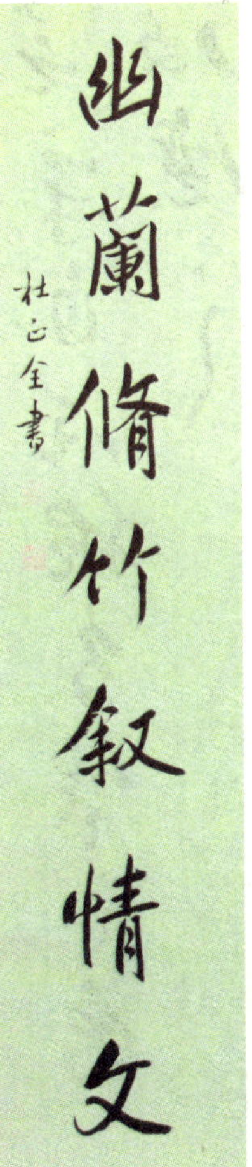

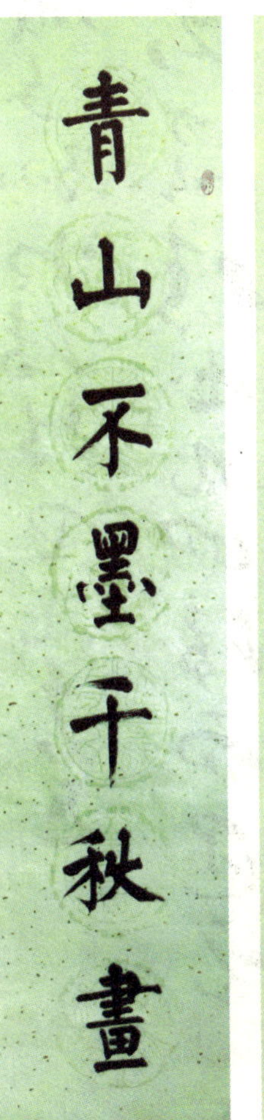

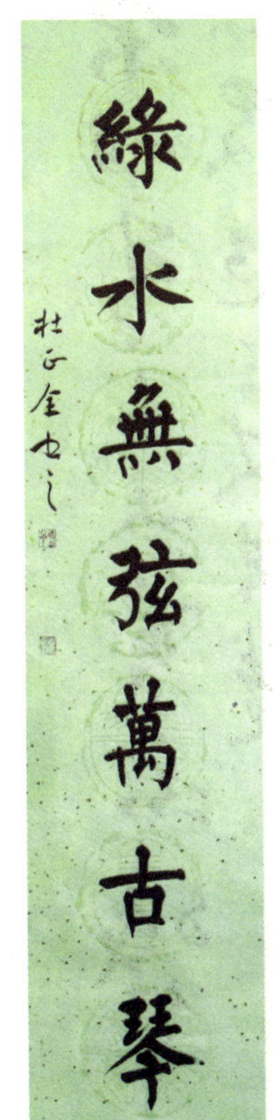

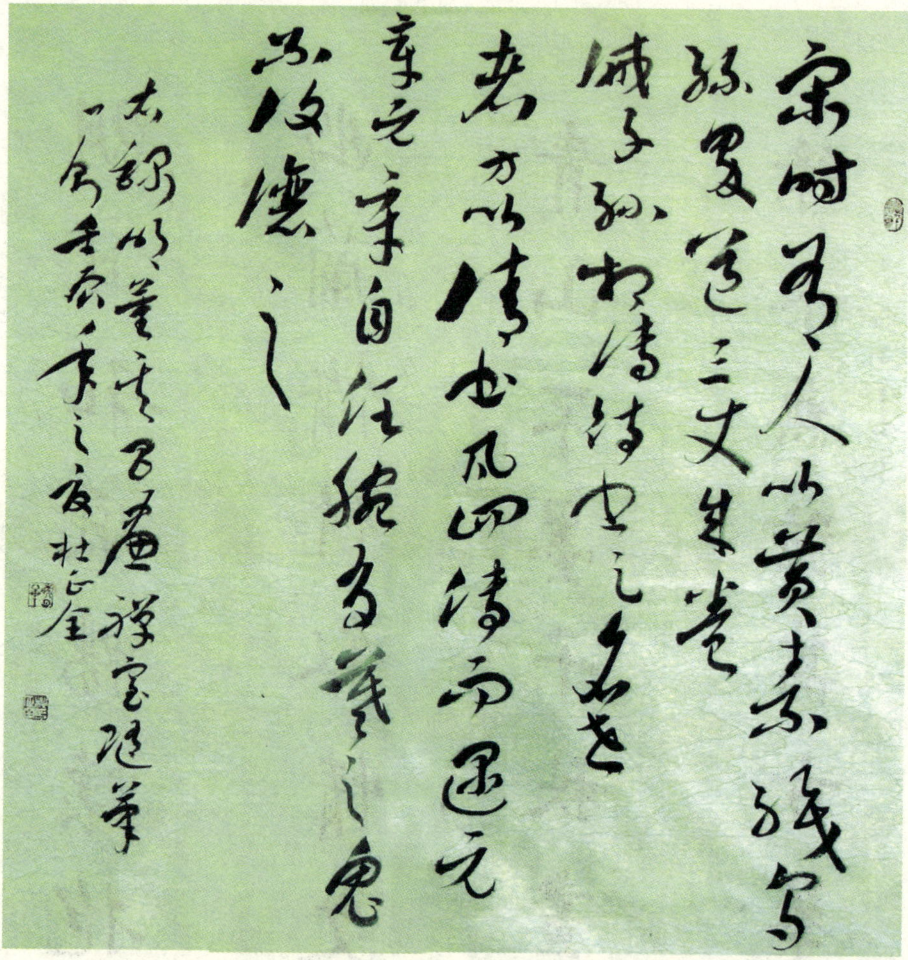

古賢論書

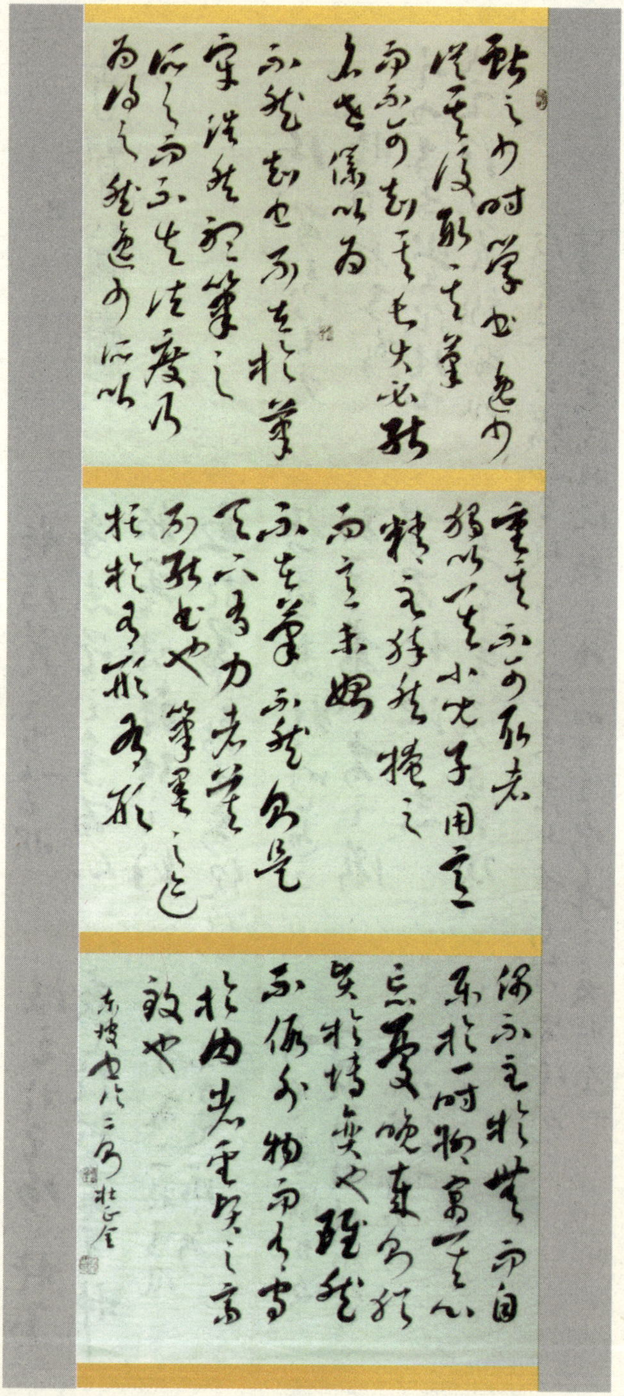

伏永弟　1962年生，彭阳人，中共党员。在彭阳县国家税务局工作，彭阳县书协会员。书法作品钟繇《宣示表》在2012年7月固原市法院系统和彭阳县“和谐杯”书画作品大赛中获优秀奖。作品《宣示表》在2012年9月固原市国税系统举办的建市十周年书画大赛中荣获三等奖。

尚書宣示孫權所求詔令所報所以博示逮于卿佐
必冀良方出於阿是芻蕘之言可擇郎廟況繇始以
疏賤得為前恩橫所貽睨公見異愛同骨肉殊遇厚
寵以至今日再世榮名同國休慼敢不自量竊致愚
慮仍日達晨坐以待旦退思鄙淺聖意所棄則又割
意不敢獻聞深念天下今為已平權之

鍾繇宣示表
壬辰[illegible]

人只一念貪私便銷鋼為柔塞智為昏變恩為慘染潔為污壞了一生人品故古人以不貪為寶所以可以遠害而度越一生

錄人生格言一則 癸巳年春 伏永第書

郭富国 1962年10月生。毕业于北京林业大学,农学学士,工程师。先后参加国家"六五""七五"重点科研项目,获多项奖励;主持宁夏回族自治区"八五"重点科研项目——彭阳县白岔生态农业经济模式研究,获宁夏农业科技进步二等奖。发表学术论文和调研报告100多篇,编著《山区农业可持续发展探讨与实践》,主编《彭阳年鉴》(1997-2003年卷)。

现任中国管理科学院特聘研究员,中国经济网特约评论员,中国水土保持学会会员。曾任宁夏政协第七届委员会委员,宁夏青联委员。政协固原市第一届委员会常委,固原市第二届人民代表大会代表,政协彭阳县第四届委员会常委、第五届委员会副主席,彭阳县第六、七届人民代表大会常务委员会副主任。宁夏书法家协会会员,书法作品曾获纪念建党八十五周年"和谐杯"全国书法大赛中青年组一等奖。1995年被评为"全国青年星火带头人",荣获"宁夏十佳青年星火带头人"和"宁夏十大杰出青年"提名奖。

借力西部開發建大花園大果園

園林生態文明典範

癸巳年春月

化譜科學發展篇章

發揮內在優勢促工業化城鎮

高国华书

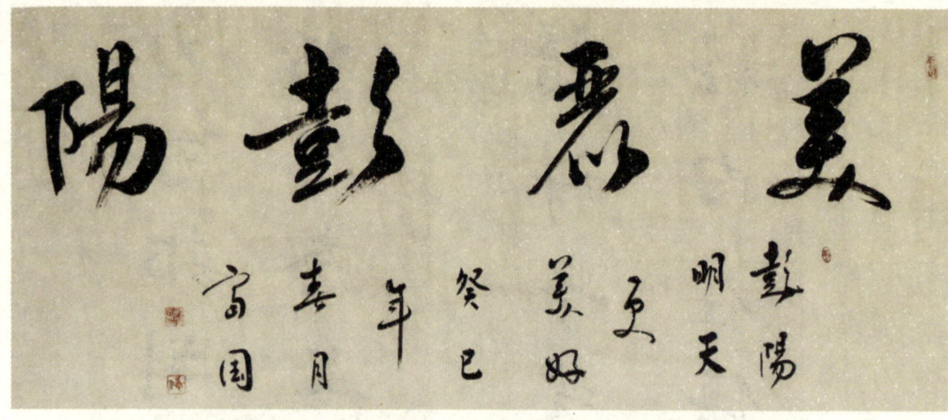

慶曆四年春滕子京謫守巴陵郡越明年政通人和
百廢具興乃重修岳陽樓增其舊制刻唐賢今人詩賦
於其上屬予作文以記之予觀夫巴陵勝狀在洞庭一湖

銜遠山吞長江浩浩湯湯橫無際涯朝暉夕陰氣象萬千此
則岳陽樓之大觀也前人之述備矣然則北通巫峽南
極瀟湘遷客騷人多會於此覽物之情得無異乎若夫

霪雨霏霏連月不開陰風怒號濁浪排空日星隱曜山岳潛
形商旅不行檣傾楫摧薄暮冥冥虎嘯猿啼登斯樓也
則有去國懷鄉憂讒畏譏滿目蕭然感極而悲者矣

至若春和景明波瀾不驚上下天光一碧萬頃沙鷗翔集錦
鱗游泳岸芷汀蘭郁郁青青而或長煙一空皓月千里浮
光躍金靜影沉璧漁歌互答此樂何極登斯樓也則有

心曠神怡寵辱偕忘把酒臨風其喜洋洋者矣嗟夫予嘗
求古仁人之心或異二者之為何哉不以物喜不以己悲居
廟堂之高則憂其民處江湖之遠則憂其君是進亦

憂退亦憂然則何時而樂耶其必曰先天下之憂而憂後
天下之樂而樂乎噫微斯人吾誰與歸
范仲淹岳陽樓記壬辰年七月於固原富國書

韩广新 1976年5月出生。1995年7月毕业于宁夏艺术学校，彭阳县人，固原市书协会员，现为彭阳县文化旅游广播电视局干部。

國色從來比西子
天香原不借東風
韩广新书

清明時節雨紛紛
路上行人欲斷魂
借問酒家何處有
牧童遥指杏花村
杜牧清明 广新

詩家清景在新春綠柳纔黃半未勻

若待上林花似錦出門俱是看花人

雲淡風輕近午天傍花隨柳過前川

時人不識余心樂將謂偷閒學少年

唐詩二首 一九九八年六月十日偉之秋書

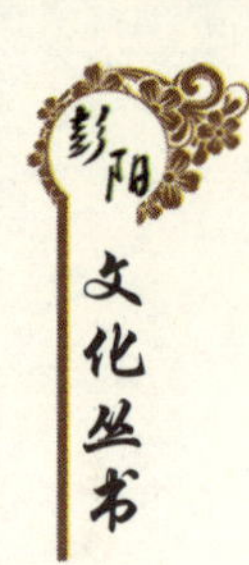

韩有恒 1964 年 7 月生，大学文化。1986 年至今在彭阳县财政局工作。自幼喜欢书法，业余时间坚持临帖不断，把学书习字作为调节自我、充实生活的基点，不求所成，乐在其中。

小喬初嫁了雄姿英發羽扇綸巾
談笑間强虜灰飛煙滅故国神遊多

大江東去浪淘盡千古風流人物故
壘西邊人道是三國周郎赤壁亂石

穿空驚濤拍岸卷起千堆雪江山
如畫一時多少豪傑遙想公瑾當年

情應笑我早生華髮人生如夢
一尊還酹江月

壬辰年春 韩有恒書

韩志雄　1963 年 6 月出生，彭阳县城阳乡城阳村人。2003 年 7 月，宁夏大学汉语言文学专业本科毕业。现在彭阳一中任教，固原市书法家协会会员。

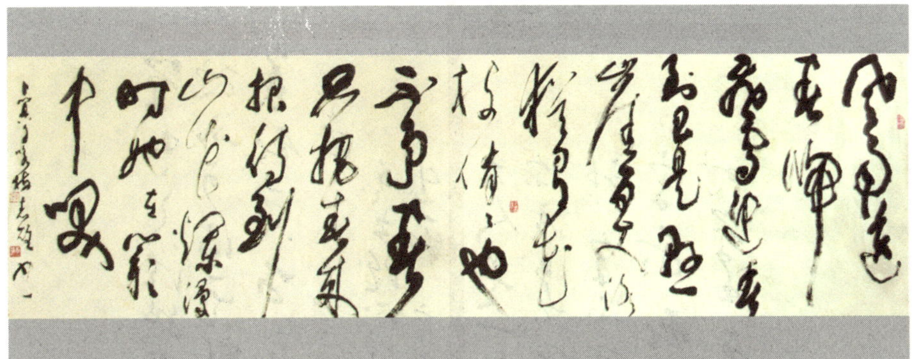

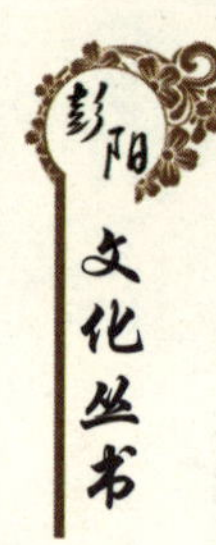

虎勇岐 1976年5月出生。宁夏书法家协会会员，固原市书法家协会会员，彭阳县书法家协会副主席。作品入展第七届全区书法篆刻展、宁夏第二届青年书法篆刻展、全区廉政书画展，全区职工书画展、固原市“公路杯”书画展。

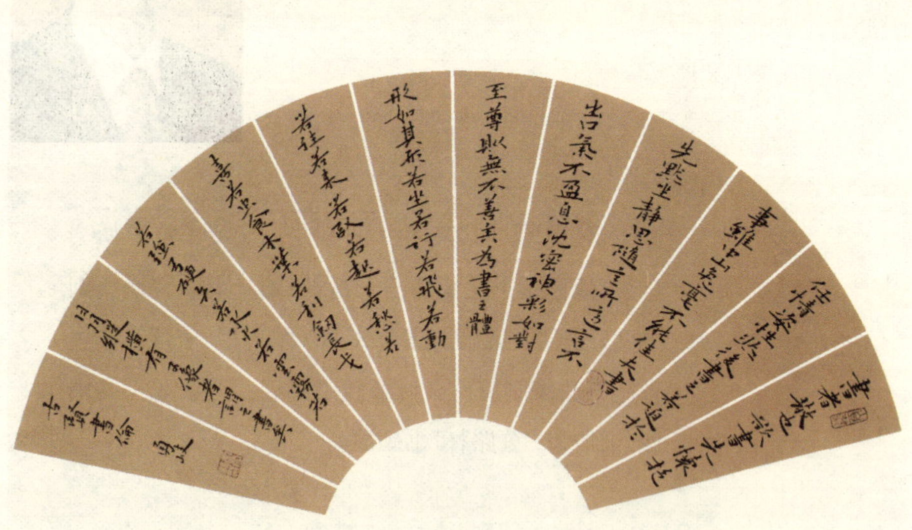

杯盤狼籍相與枕藉乎舟中不知東方之既白

後赤壁賦

是歲十月之望步自雪堂將歸於臨皋二客從余過黃泥之坂霜露既降木葉盡脫人影在地仰見明月顧而樂之行歌相答已而歎曰有客無酒有酒無肴月白風清如此良夜何客曰今者薄暮舉網得魚巨口細鱗狀似松江之鱸顧安所得酒乎歸而謀諸婦婦曰我有斗酒藏之久矣以待子不時之須於是攜與魚復遊於赤壁之下江流有聲斷岸千尺山高月小水落石出曾日月之幾何而山川不可復識矣余衣而上履巉巖披蒙茸踞虎豹登虬龍攀栖鶻之危巢俯馮夷之幽宮蓋二客不能從焉劃然長嘯草木震動山鳴谷應風起水涌余亦悄然而悲肅然而恐凜乎其不可留也返而登舟放乎中流聽其所止而休焉時夜將半四顧寂寥適有孤鶴橫江東來翅如車輪玄裳縞衣戛然長鳴掠余舟而西也須臾客去余亦就睡夢一道士羽衣蹁躚過臨皋之下揖余而言曰赤壁之遊樂乎問其姓名俛而不答嗚乎噫嘻我知之矣疇昔之夜飛鳴而過我者非子也耶道士顧笑余亦驚悟開戶視之不見其處

時在壬辰之冬月錄蘇東坡前後赤壁賦

淨心齋主人虎勇岐書

逸儀靜體閑
輕語徽幽蘭
而通辭顏識
之棄言乎悵
郁烈步衡薄

黄建军 1955年10月出生，1974年4月参加工作。中央政法管理干部学院法律系毕业，任彭阳县司法局原党组成员、副局长，县公证处主任、公证员。热爱书法、摄影，多次参加各级各类比赛，并在有关刊物发表作品。

世間清品至蘭極

賢者虚懷與竹同

久有凌雲志重上井
岡山千里來尋故地
舊貌變新顏到處鶯
歌燕舞更有潺潺流水
高路入雲端過了黄
洋界險處不須看風
雷動旌旗奮是人寰
卅八年過去彈指一揮
間可上九天攬月可下
五洋捉鱉談笑凱歌
還世上無難事只要
肯登攀

毛澤東詞

黄宗凯 1955年10月出生，彭阳县人，大专文化。1975年参加工作。本人自幼喜爱书法，跟随父亲苦练各种名帖，曾在《固原报》《宁夏日报》登载过多次。2012年8月，在彭阳县举办固原市法院系统书法比赛中荣获三等奖。2012年12月，在“感动中国，魅力夕阳”首届中国老年书画名家作品大赛中获金奖。2012年10月29日入展“周报杯”宁夏第二届中青年书法篆刻展。

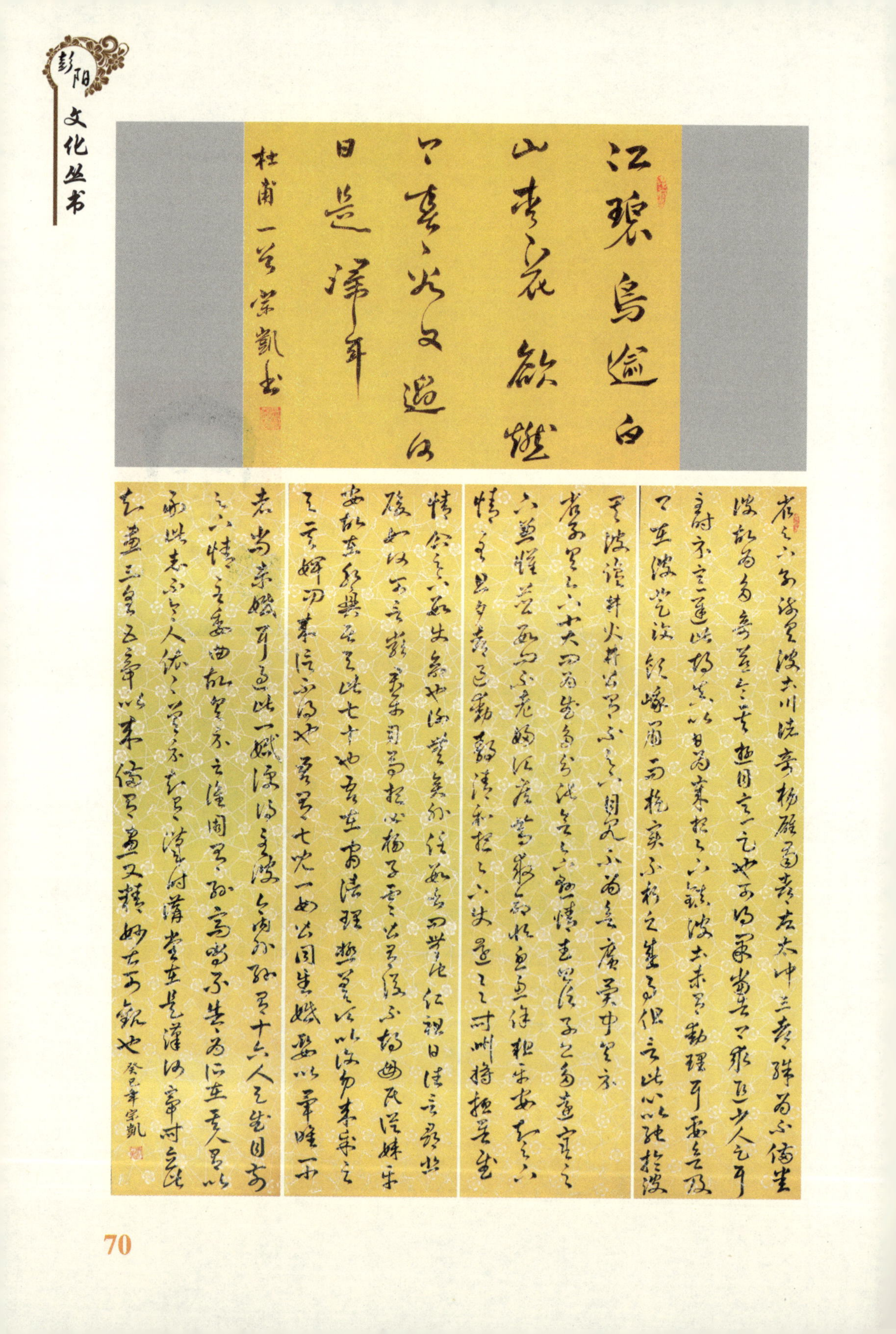

江碧鸟逾白
山青花欲燃
今春看又过
何日是归年
杜甫一首 崇凯书

癸巳年崇凯

姬佐荣 1957年3月生。中专文化，1979年6月参加工作。喜爱书法艺术，固原市书法家协会会员。

登黃鶴樓讀赤壁賦

磨青鐵硯歌白雲詩

两箇黄鸝鳴翠柳一行白鷺上
青天窗含西嶺千秋雪門泊東
吳萬里船

杜甫诗

壬辰年夏 依紫

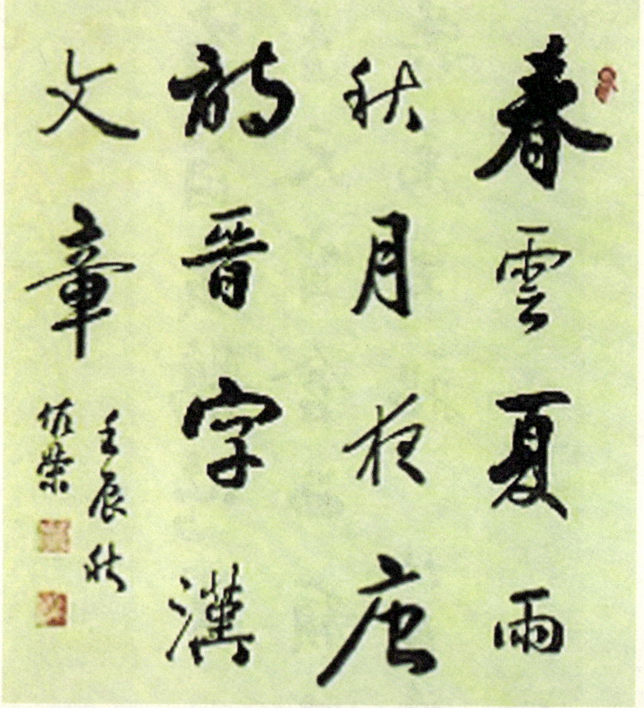

維山之鶴華頂之雲
表聖詩品妙言真象可賅象藝寧止於詩
辛卯夏 佑榮書

寧靜致遠
壬辰冬 佑榮

李述海 1958 年 7 月生，大专学历。小学高级教师。喜爱书法，书法作品曾多次在县级书画展中入展和获奖。

山不在高有僊則名水不在深有龍則靈斯是陋室惟吾德馨薹痕上階緑草色入簾青談笑有鴻儒往来無白丁可以調素琴閱金經無絲竹之亂耳無案牘之勞形南陽諸葛廬西蜀子雲亭孔子云何陋之有

陋室銘 劉禹錫

梁宗仁 1969年生，彭阳人。1992年毕业于宁夏大学中文系。现任教彭阳三中，中学高级教师。宁夏书法家协会会员。爱好古诗文和书法，有诗歌及散文发表于《固原日报》《彭阳》等刊物。书法作品曾在自治区、固原市书法赛事上入选或获奖。

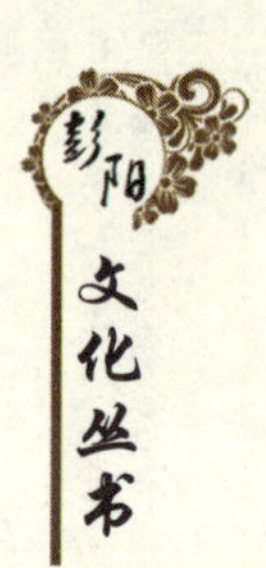

獨立寒秋湘江北太橘子洲頭輪万山紅
遍層林盡染漫江碧透百舸争流鷹
擊長空魚翔淺底万類霜天競自由
悵寥廓問蒼茫大地誰主沉浮携来
百侶曾遊憶往昔峥嵘歲月稠恰同
學少年風華正茂書生意氣揮斥方
遒指點江山激揚文字糞土當年
万戶侯曾記否到中流擊水浪遏飛
舟 沁園春長沙 九嶷山上白雲飛帝子
乘風下翠微斑竹一枝千滴淚紅霞万
朵百重衣洞庭波涌連天雪長島人歌
動地詩 我欲因之夢寥廓芙蓉國裏盡朝暉 七律答友人

天上碧桃和露种日边红
杏倚云栽芙蓉生在秋
江上不向东风怨未开

唐人高蟾诗一首 宗仁书

罗贵福 1967年生，彭阳县人，彭阳县第二中学教师。2003年毕业于宁夏大学。喜爱书法，教学之余临习不辍。现为宁夏书法家协会会员。1989年，入中国书画函授大学开始正式学习书法，隶临礼器碑，楷法颜真卿，篆学杨沂孙，行草宗“二王”、米芾。作品曾多次在区内外参展获奖。作品荣获1991年全区首届高校文化艺术节三等奖，1993年建县十周年书画展三等奖，1998年固原地区校园书法评选二等奖，1999年庆祝建国五十周年全县师生书画展书法一等奖、篆刻一等奖，2000年获陕甘宁泾河流域政协联谊会第十三次会议书画展三等奖，2001年获彭阳县首届职工群众书画展二等奖，2002年获第二届职工群众书画展三等奖。2011年获彭阳县首届廉政书画展二等奖。荣获彭阳县第四届、第五届文化艺术月书法作品优秀奖。

黎明即起灑掃庭除要內外整潔既昏便息關鎖門戶必
親自檢點一粥一飯當思來處不易半絲半縷恆念物力
維艱宜未雨而綢繆毋臨渴而掘井自奉必須儉約宴客
切勿留連器具質而潔瓦缶勝金玉飲食約而精園蔬愈
珍饈勿營華屋勿謀良田三姑六婆實淫盜之媒婢美妾
嬌非閨房之福童僕勿用俊美妻妾切忌艷妝祖宗雖遠

祭祀不可不誠子孫雖愚經書不可不讀居身務期質樸
教子要有義方勿貪意外之財勿飲過量之酒與肩挑貿
易毋占便宜見貧苦親鄰須多溫卹刻薄成家理無久享
倫常乖舛立見消亡兄弟叔姪須分多潤寡長幼內外宜
法肅辭嚴聽婦言乖骨肉豈是丈夫重貲財薄父母不成
人子嫁女擇佳壻毋索重聘娶媳求淑女勿計厚奩見富

貴而生諂容者最可恥遇貧窮而作驕態者賤莫甚居家
戒爭訟訟則終凶處世戒多言言多必失勿恃勢力而凌逼孤
寡毋貪口腹而恣殺生禽乖僻自是悔誤必多頹惰自甘
家道難成狎昵惡少久必受其累屈志老成急則可相依
輕聽發言安知非人之譖訴當忍耐三思因事相爭焉知
非我之不是須平心暗想施惠無念受恩莫忘凡事當留

餘地得意不宜再往人有喜慶不可生妒忌心人有禍患
不可生喜幸心善欲人見不是真善惡恐人知便是大惡
見色而起淫心報在妻女匿怨而用暗箭禍延子孫家門
和順雖饔飧不繼亦有餘歡國課早完即囊橐無餘自得
至樂讀書志在聖賢為官心存君國守分安命順時聽天
為人若此庶乎近焉

二零一一年八月 郭貴福篆

神龜雖壽猶有竟時騰虵乘霧
終爲土灰老驥伏櫪志在千里
烈士暮年壯心不已盈縮之期
不但在天養怡之福可得永年
幸甚至哉歌以詠志

曹操詩龜雖壽
壬辰年羅貴福

从右到左依次为“文采风流、百年树人、家住深山里、淡泊明志”

侶曾游憶往
昔崢嶸歲月
稠恰同學少
年風華正茂
書生意氣揮
斥方遒指點
江山激揚文
字糞土當年
萬户侯曾記
否到中流擊
水浪遏飛舟

毛澤東詞沁園春長沙
壬辰年羅貴福書

唐太宗問許敬宗曰朕觀羣臣之中唯卿最賢人有議卿非者何哉敬宗對曰春雨如膏農夫喜其潤澤行人惡其泥濘秋月如鏡佳人喜其玩賞盜賊惡其光輝天地之大尤憾而況臣乎臣無肥羊美酒以調和衆口是非且是非不可聽聽之不可說君聽臣受戮父聽子遭誅夫婦聽之離朋友聽之絕親戚聽之疎鄉鄰聽之別人生七尺軀謹防三寸舌舌上有龍泉殺人不見血太宗曰卿言甚善朕當識之

貞觀政要語

壬辰臘月羅貴福書

獨立寒秋湘江北去橘子洲頭看萬山紅遍層林盡染漫江碧透百舸爭流鷹擊長空魚翔淺底萬類霜天競自由悵寥廓問蒼茫大地誰主沉浮攜來百

马平 1970年2月生，1990年毕业于宁夏商校，现为宁夏书法家协会会员。作品入展宁夏第七届书法展、宁夏第二届青年书法展。2012年，在彭阳县第五届文化艺术月活动中获书法作品展一等奖。2012年，书法作品获固原市“公路杯”书法摄影展二等奖。

汪志骞　1977年6月生，毕业于宁夏大学。现在彭阳县政务服务中心工作。从小喜欢书法艺术，业余时间研习不辍，书学“二王”。

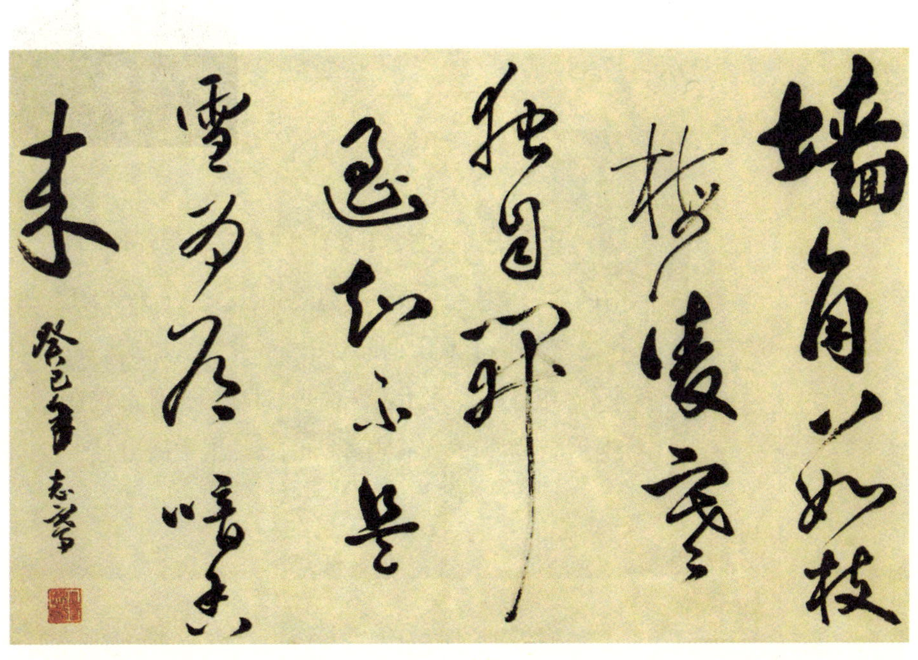

王爱忠　1957 年 9 月生，红河中学任教。自治区书法家协会会员。不惑之年喜好上了书法，工作之余临摹了欧阳询的行书《洛神赋》，唐寅的行书《落花诗稿》，另外还喜欢篆书和隶书。作品曾在自治区、固原市、彭阳县举办的书法展中展出。

大漠孤煙直

山不在高有僊則名水不在深有龍則靈
斯是陋室惟吾德馨苔痕上階綠草
色入簾青談笑有鴻儒往來無白丁可
以調素琴閱金經無絲竹之亂耳無案
牘之勞形南陽諸葛廬西蜀子雲亭
孔子云何陋之有

陋室銘 劉禹錫 壬辰冬愛忠書

長河落日圓

壬辰冬王愛忠書

明月幾時有把酒問青天不知天
上宮闕今夕是何年我欲乘風
歸去又恐瓊樓玉宇高處不勝寒
起舞弄清影何似在人間轉朱閣
低綺户照無眠不應有恨何事長向
別時圓人有悲歡離合月有陰晴圓
缺此事古難全但願人長久千
里共嬋娟

蘇軾詞水調歌頭 壬辰冬王愛忠書

王克银　1954 年 2 月生，彭阳县友联村，现任友联小学高级教师。1973 年参加教育工作，业余遍临古今书法，精心吸纳众长，努力风格化融炼。1988 年，在彭阳县书法比赛中获得三等奖。

三万里河东入海五千仞岳上摩天

癸巳年　克银

王立地　1957年4月生，现彭阳县文广局干部，系固原市书法家协会会员。书法作品曾获全国书法小品大赛优秀奖，作品收集在《永远的雷锋》一书里。同时，在宁夏报刊上刊登新闻、散文300余篇，创作戏剧40多个，其中《六个老汉进县城》《生态彭阳》获全区岗位技能大赛银奖。

天高云淡望断南飞雁不到长城非好汉屈指行程二万六盘山上高峰红旗漫卷西风今日长缨在手何时缚住苍龙

戊子夏 立地书

黄河远上白云间一片孤城万仞山羌笛何须怨杨柳春风不度玉门关朝辞白帝彩云间千里江陵一日还两岸猿声啼不住轻舟已过万重山

岁在丁亥夏 立地书于彭阳

王耀武　1965年9月生。彭阳县第二小学教师，中国书画艺术家协会会员。自幼酷爱书法，勤耕不辍。1996年9月，书法作品获陕甘宁泾河流域书画展三等奖。2001年10月，获青年书法大赛一等奖。

空山新雨後天氣晚來秋明月松間照清泉石上流竹喧歸浣女蓮動下漁舟隨意春芳歇王孫自可留

錄王維山居秋暝 壬辰年 耀武

杨立位 字文中，号陇东西杨人也。1966年12月生，甘肃镇原人。现为彭阳县红河中学一级教师。自幼临习欧体楷书，后又投师名门，孜孜以求，广纳博采，逐笔逐字潜心揣摩。多年的临池积淀，使其继承了欧楷瘦硬、险绝、谨严、典雅的风格。后兼学“二王”、赵孟頫及近现代名家行草书，其楷书中散发着行草的流畅，行草中蕴含着楷书的端庄。

2000年，获陕甘宁泾河流域书画联谊赛书法二等奖。2009年，楷书、行书作品在宁夏《华兴时报》发表。

滄海日赤城霞峨眉雪巫峽雲洞庭月彭蠡煙瀟湘雨武夷峰匡廬瀑布合宇宙奇觀繪吾齋壁少陵詩摩詰畫左傳文馬遷史薛濤牋右軍書南華經相如賦屈子離騷收古今絕藝置我山窗

壬辰年之冬雪月

紫硯齋主人楊立佐

春花秋月何時了往事知多少小樓昨夜又東風故
國不堪回首月明中雕欄玉砌應猶在只是朱顏
改問君能有幾多愁恰似一江春水向東流

杨玉佐录

杨志亮　1971年生。宁夏书法家协会会员。直入圣教序，对王体有领悟，一直从事字画装裱。

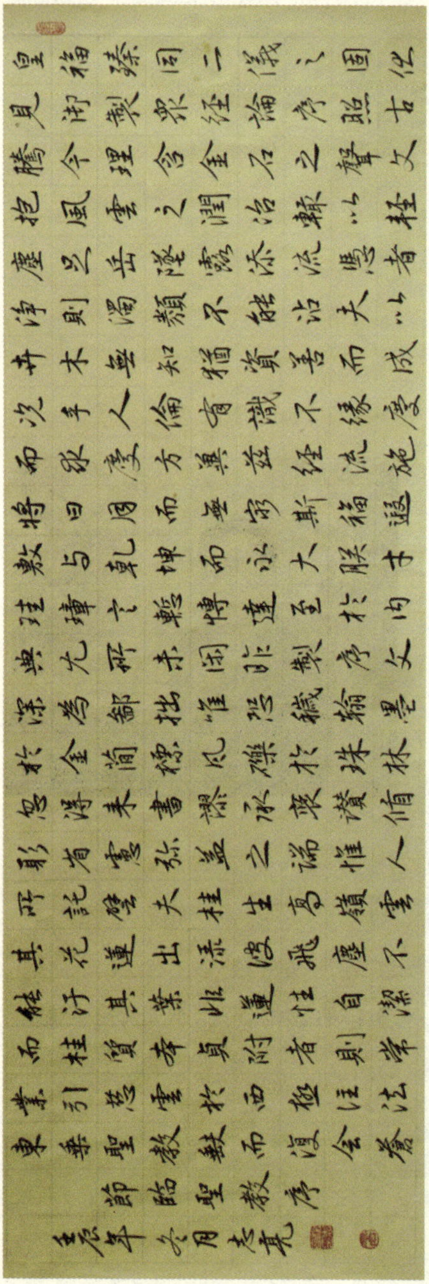

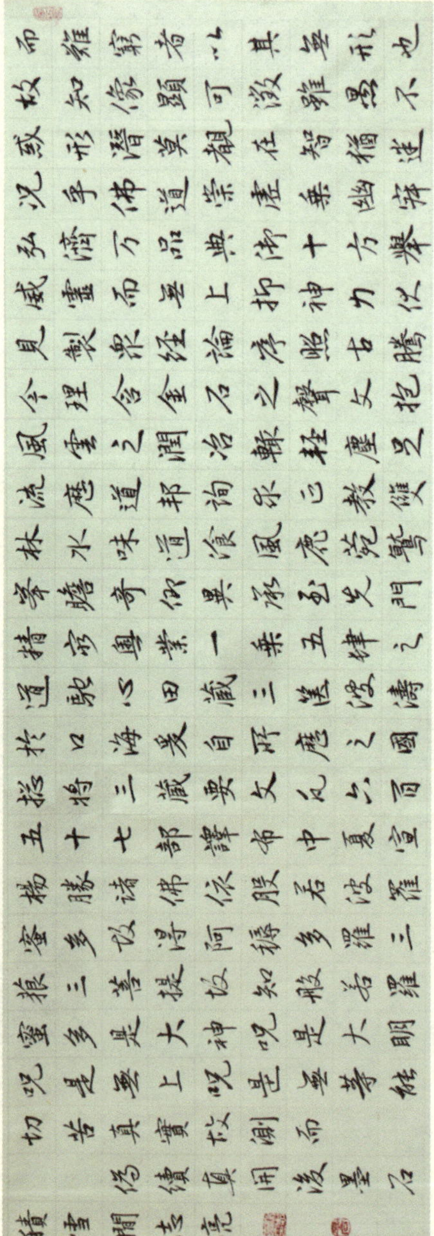

古人云工欲善其事必先利其器誠哉斯言文房四寶紙實居

首宣城次之南唐遺製百年以降視若拱璧蔡君謨澄心堂

紙帖為甚人讀之疑豈非佳紙之助也

今之所患尤在毛穎大多與手不相為謀猶

揮如志不可相為得也

真迹觸目驚心

吉亮

杨志清 1947年10月生。退休教师，现为固原市书法家协会会员。一生爱好书法，先后临习了《玄秘塔碑》以及赵孟頫等名家名帖，追求潇洒自如的书风。作品曾获得陕甘宁泾河流域书法作品三等奖，并多次在县书法展览中获奖。

畫裏觀天下

滾々長江東逝水浪花淘盡英雄是
非成敗轉頭空青山依舊在幾度夕
陽紅白髮漁樵江渚上慣看秋月春
風一壺濁酒喜相逢古今多少事都
付笑談中

三國演義開篇詞

壬辰年孟冬 楊志清書

書中見古今

壬辰冬月 志清书

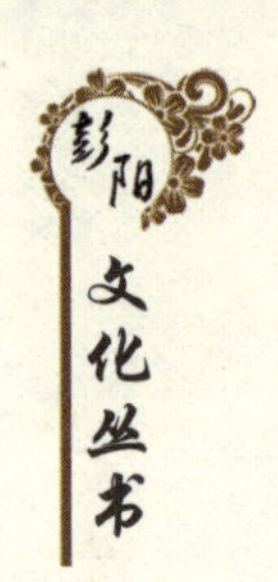

张建民　1965年6月生，彭阳县红河乡宽坪村人。1987年毕业于固原师范，现在彭阳县委政法委工作，系县书法家协会会员。

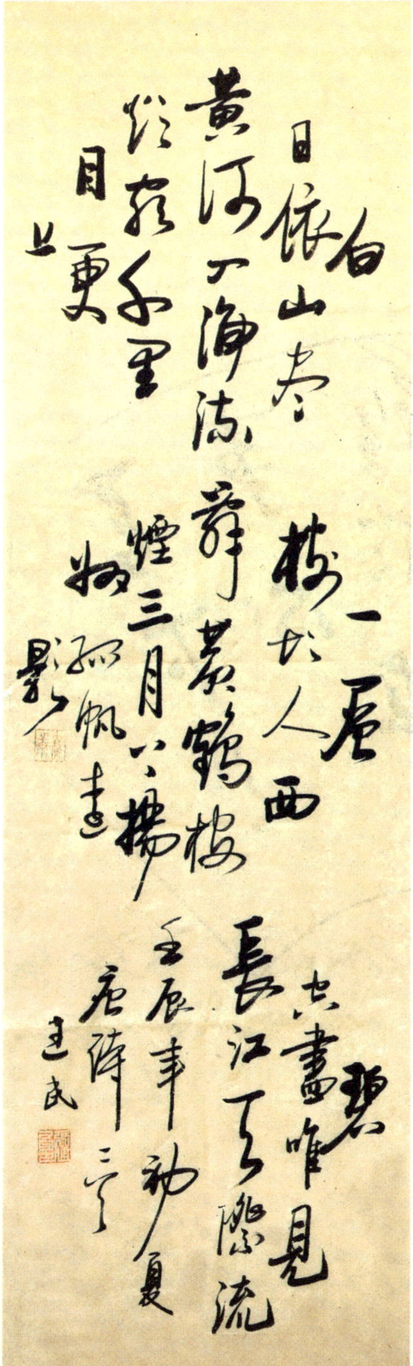

白日依山尽
黄河入海流
欲穷千里目
更上一层楼
故人西辞黄鹤楼
烟花三月下扬州
孤帆远影碧空尽
唯见长江天际流
壬辰年初夏
唐诗二首
建民

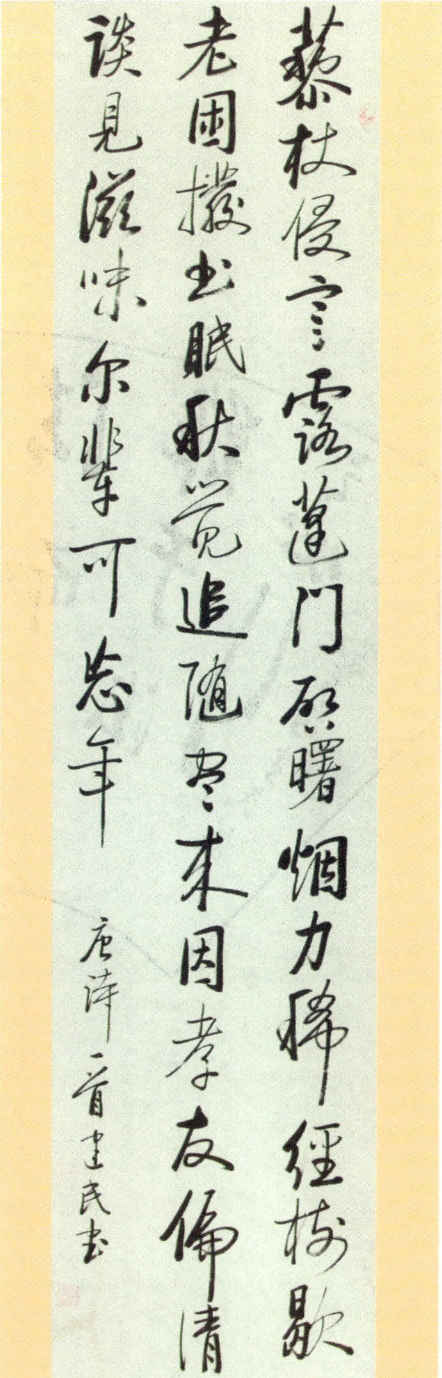

藜杖侵寒露
蓬门启曙烟
力稀经树歇
老困拨书眠
秋觉追随尽
来因孝友偏
清谈见滋味
尔辈可忘年
唐诗一首
建民书

天下之
事不
難於立
法而
難于法
之必行

赵成伟 1986年9月出,彭阳县人。书法专业本科毕业。曾就读于北京人文大学,中国书法家协会培训中心第四期导师工作室。现为宁夏书法家协会会员,中国书法家协会培训中心第五期导师工作室学员,银帝集团北京银帝艺术馆馆长助理。

作品在中国书协举办的"邓石如奖"全国书法篆刻展中入展,在中国书协培训中心举办的优秀学员展中入展,在宁夏书协举办的第七届书法篆刻展中获三等奖,在宁夏书协举办的第二届青年书法篆刻展中获优秀奖。

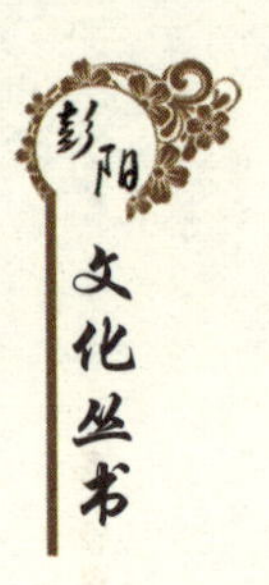

成伟制

大方无隅

虎牙将军章(临作)

浓　翠

汉归义羌长(临作)

寻　梦

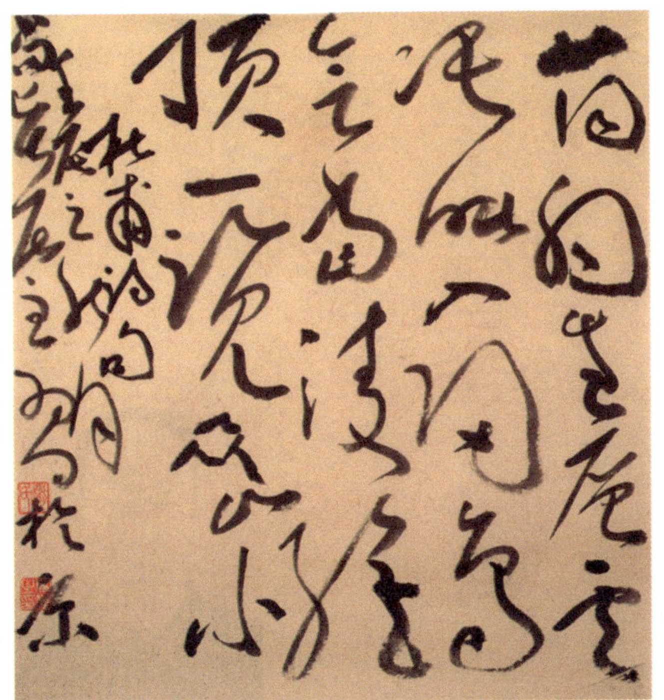

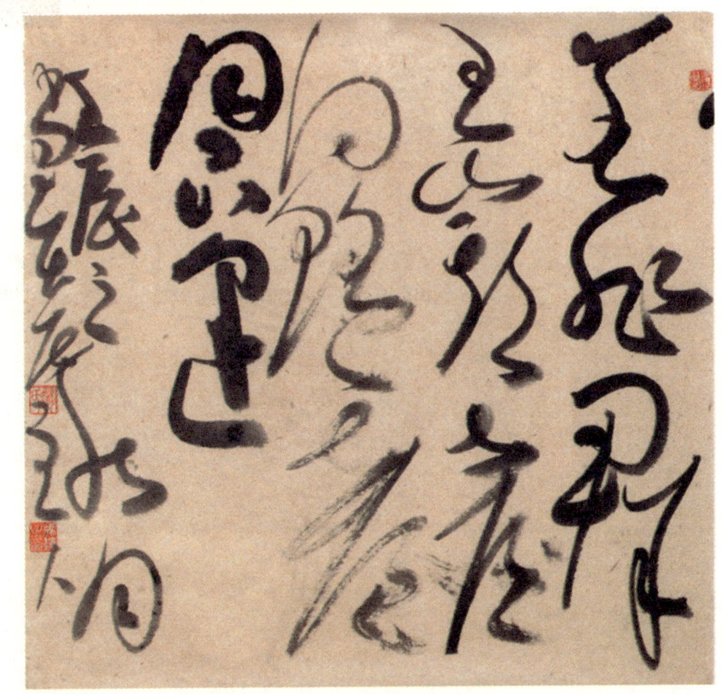

郑作恒 笔名永康，1956年3月生，彭阳县古城镇郑庄村人。1975年8月参加工作，现为彭阳古城镇中心学校，小学高级教师。

一直喜爱书法，进入21世纪后临摹王羲之的《兰亭序》和赵孟頫的《归去来兮》。多次参加彭阳县书画大赛。2008年9月，获彭阳县宣传部等四部局举办的庆祝宁夏回族自治区成立50周年暨"林业杯""书画展""行书作品"优秀奖。

獨立寒秋湘江北去橘子洲頭看萬山
紅遍層林盡染漫江碧透百舸爭流鷹
擊長空魚翔淺底萬類霜天競自由悵
寥廓問蒼茫大地誰主沉浮攜來百侶
曾遊憶往昔崢嶸歲月稠恰同學少年
風華正茂書生意氣揮斥方遒指點江
山激揚文字糞土當年萬户侯曾記否到
中流擊水浪遏飛舟天高雲淡望斷
南飛雁不到長城非好漢屈指行程二
萬六盤山上高峰紅旗漫卷西風今日
長纓在手何時縛住蒼龍

毛澤東主席詞二首 壬辰桂月永康作雅書

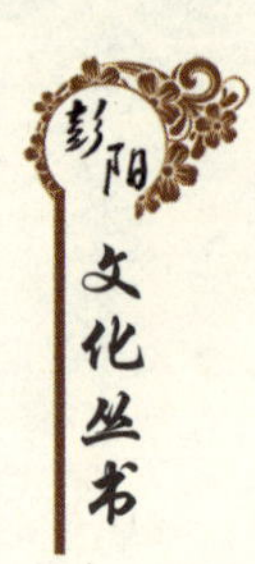

科學發展國富強社會和諧民
安康九天攬月兆夢幻神舟太空
足迹遥

為慶祝中國共产党第十八次全國代表大會召開
壬辰年桂月永康作恒書

周田斌 1972年1月生，彭阳县第二小学教师，彭阳县书法家协会会员，酷爱书法。

然而天地苞乎陰陽而易識者以其有像也陰陽處乎天地而難窮者以其無形也故知像顯可徵雖愚不惑形潛莫覩在智猶迷況乎佛道崇虛乘幽控寂弘濟万品典御十方舉威靈而無上抑神力而無下大之則弥於宇宙細之則攝於毫釐無滅無生

聖教序选

壬辰年 周田斌

讀書得古趣

風月暢真情

周田斌书

后 记

《彭阳文化丛书》是彭阳建县30年来第一套较为完整的文艺作品集成。编辑工作始于2012年9月,完稿于2013年7月。在不到一年的时间里,编辑们席不暇暖,星夜劳作,终于成书。定稿之日,如释重负,感慨系之。

彭阳古有"东山文化之乡"的美称,历史文化积淀丰厚,地域文化光彩夺目。长期以来,彭阳文艺工作者在对传统文化继承、体验和感悟的同时,加强对现代文化的开发、积累和应用,促使了彭阳文艺工作的蓬勃发展。在党的十七大提出"推动社会主义文化大发展大繁荣"精神的引领下,彭阳文艺工作者自觉坚持"二为"方向、"双百"方针和"三贴近"原则,牢牢把握繁荣先进文化、建设和谐文化主题,自觉担当重任,在演绎彭阳文化的前世今生、古今延续,诠释彭阳文化的开放性、包容性、兼容性、不可替代性和发展当代先进文化上勇于创新,成绩斐然,成果纷呈。《彭阳文化丛书》的编辑出版,便是最有力、最具体的证明。

《彭阳文化丛书》全书共有七卷,分别为小说卷、散文卷、诗歌卷、报告文学卷、文学评论卷、书法卷和美术工艺卷。书中收录的作品大多出自彭阳本土文艺工作者之手,同时也收录了部分区内外著名作家、评论家有关彭阳的文艺作品。作家们通过对彭阳的深情描述、叙写以及书法、绘画的形神兼备,集中地再现了广大文艺工作者在建县30年来不同发展阶段的不同历史情怀。因之,这是一套经典的彭阳之书,一套厚重的彭阳之书,一套值得收藏的彭阳之书。适值彭阳县建县30周年,谨将这套特殊的礼物献给所有关心彭阳、热爱彭阳、建设彭阳、奉献彭阳的人们。

《彭阳文化丛书》的编辑出版，倾注了各级领导的心血和智慧。彭阳县县委书记张国彦、县长赵晓东在百忙中为该书作序，在内容选编上提出了明确要求，并给予了精心指导；县委常委、宣传部部长马文山始终关心丛书的编辑出版，多次组织召开编纂会议，协调解决该丛书编辑中存在的困难和问题，并以序的形式，对该书做了高度的概括和定位；县文联领导既组织协调，又亲身参与具体工作；文联各专业协会成员在丛书稿件收录、编排、校对上全心投入，废寝忘食；宁夏人民出版社责任编辑刘建英、陈浪、管世献和李彦斌等对丛书进行了认真编校、审读；银川天之健文化传媒有限公司相关人员对丛书进行了精心设计、排版。在此，一并表示深切谢意！

对于编者们而言，编辑出版这样一套涵盖彭阳建县30年来优秀的文艺作品丛书是第一次。可以说，编辑《彭阳文化丛书》的过程，也是编者们学习、赏析、推介彭阳文化的延续与拓展的过程。中国作家协会主席、著名作家铁凝曾说："好的文学有能力表现一个民族最富活力的呼吸，有能力传达一个时代最生动、最本质的情绪，有能力呈现一个民族在自己的时代所能达到的最高想象力。"文学作品如此，艺术作品亦如此。《彭阳文化丛书》做到了。然而，由于编者水平有限，这套丛书还远未真正做到客观、全面地反映彭阳文化发展的状况，难掩挂一漏万、"冰山一角"之嫌。尤其在编辑过程中，遇到一些实际问题又不得不进行技术处理，难免留下遗憾的地方，祈望专家和读者指正。

编　者
2013年7月